U0540012

幫助你解決創作懸疑推理小說的

一切難題

原來謎團是這樣鍊成的

新井久幸——著

李璦祺——譯

導讀——

創作沒有標準答案，但有綿延不絕的可能性

栞／文字工作者

創作沒有標準答案，我常常會這麼想。

凌宇出版邀請我寫《原來謎團是這樣鍊成的：幫助你解決創作懸疑推理小說的一切難題》的導讀，看到作者的經歷，忍不住笑出來。新井久幸是新潮社的編輯，從「新潮懸疑推理俱樂部獎」開始負責新人獎，有極為豐富的推理小說編輯資歷，以及非常犀利的編輯眼光，經手過相當多知名的懸疑推理小說作者。他寫這樣一本書，實在是非常恰如其分，甚至可以說是一本投稿者的葵花寶典。

從二〇一九年開始，我擔任台灣推理作家協會徵文獎入圍作品的責任編輯，但在這之前，已經很長一段時間參與了徵文獎的初選或複選評審。協會的徵文獎和新潮社的新人獎形式略有不同，是由台灣推理作家協會主導的短篇推理小說獎項，今年（二〇二四）已經是第二十二屆。

身為協會的成員，我是先從擔任評審開始的，後來因緣際會才接任編輯，因此我的經驗和新井先生稍有差異，也不像他那麼經驗老到，但在讀這本書的時候，實在是忍不住一再劃線，感覺在遙遠的彼方遇見了心靈之友，還想著或許可以跟哪幾位作者聊聊裡面的內容，又或者是，希望能夠讓更多徵文獎的投稿者，看見這本書。

這本書大致分為幾個部分，許多內容對熟練的創作者可能是老生常談，該注意的事項多半也差不多。不過我認為，不論是新手或老手，都可以看看這本書，去審視自己創作的過程，看看自己是不是漏掉了什麼失落的環節。

◆關於創作

創作懸疑推理小說，首先是先界定「懸疑推理小說」的範圍。新井先生提到，常常在閱讀那些初審通過的稿件時，仍會思考這樣的作品是否為「懸疑推理小說」，這也是我在閱讀推協徵文獎作品時，常常思考的問題。

日本出版的懸疑推理小說十分豐富，有相當多的作品可以參考，且作者們不斷地創新求變，不僅是謎團的形式，故事的形式也不斷進化。新井先生提出來的建議是「要大量的閱讀」，而且不僅僅是閱讀懸疑推理小說，最好盡可能涉獵各種不同領域的書籍。

在大量閱讀優秀的作品之後，就可能化為創作的養分。由於創意與點子是非常容易重複的東西，知道別人曾經做過怎樣的嘗試，要怎麼樣去突破，也是創作者重要的課題。

懸疑推理作品往往需要製造謎團、鋪陳伏筆，並給讀者一個震撼的結局。因此新井先生認為只要能夠寫好懸疑推理小說，便能夠寫好各種小說。我經常將各種故事都當成推理小說來讀，因為每個事件總是有一個必須解決的樞紐。然而好的懸疑推理小說，不僅該有出色的謎題或詭計，還必須是「好的小說」，這也是研讀徵文獎作品時，常常被參賽者遺漏的重點。

書中有許多新井先生提到的案例，像是什麼樣的小說才是好的小說，謎團可以怎樣思考與設計等等。但這些案例不僅是書，也有其他形式的故事載體。書中我最喜歡的案例，是關於某些玩家對於《純愛手札》這款遊戲的抱怨，他們提到不能接受遊戲的男性配角沒有配音。

《純愛手札》是一款知名戀愛養成遊戲，玩家飾演一名男性，去培養自己的參數（像是智慧、道德、體育、魅力等）追求喜歡的女性。在遊戲中，所有的女性角色為了增添鑑別度與特色，都有各自的聲音，因為她們是被追求的對象，需要讓玩家感受到真實；至於男性配角只是過場的陪襯，可能因此製作公司就忽略配音，又或者是為了節省成本。這只是一個遊戲中的小細節，不是每個人都在意，卻可能成為故事中的破綻，讓玩家回到現實。

小說也是如此，創作者竭盡所能地創造出一個場景，卻可能因為一個小地方的描寫出現漏洞，而讓讀者瞬間從沉浸在故事中的體驗迅速出戲。例如場景是近未來的世界，資訊天才主角打開 Windows 95 系統，使用磁碟片存資料，又或者是主角是個超級普通的小學生，卻開口閉口都是演化論。這樣的設定容易讓讀者懷疑故事的可信度，在解謎的時候的說服力也會降低。當然如果有足夠的描寫，這些狀況也不見得不會發生。只要創作者給足描述，主角當然可以在未來用 Windows 95 系統，也可以滿口都是演化論。

這本書中有相當多的範例，當新井先生敘述想要陳述的概念時，便會舉出適當的作品當作範例，不像我以上兩個範例是隨便亂掰，有著更多具體又正式的小說段落可以參考。寫作不是強迫讀者把設定吞進去，而是應該一步一步讓讀者落入塑造的氛圍裡。

◆關於比賽

新井先生在書中不只提到創作的訣竅，更提到了對於「參賽」的心態。

台灣還有許多跟懸疑推理小說有關的獎項，除了我參與的台灣推理作家徵文獎，凌宇出版與疑案辦合作的「謎團小說獎」、鏡文學的「百萬影視小說大獎」、角川出版的

「KadoKado百萬小說創作大賞」等等，都是可以用「懸疑推理小說」為主題創作的比賽，每個比賽都有其自己的規範。

書中提到相當多關於參賽時，對於創作的注意事項，大部分是放諸台灣、日本皆準的原則。不過我在這邊想要提的，是另一個大概會被這類書籍忽略的事項，那就是「不要要求比賽單位為了你放寬規則」。這個原則看起來相當荒謬，但相信我，死纏爛打的參賽者絕對比大家能預想到的還多。

每個不同的競賽都會因應需求訂定規則，每一項規定都有其原因。我一直都認為，如果一個參賽的創作者連主辦單位寫明的規則都無法理解，那創作出來的文字對於讀者來說可能會有大問題。尤其是連截稿日或字數都希望主辦單位配合的參賽者，表示連最基本的要求都無法遵守，那又怎麼能期待對方在正式出版時能夠完成工作呢？若只是想要自己寫開心，現在有很多自由發表的創作平台，自己出版書籍也不是難事，不需要特地跑來規範很多的比賽。

誠如我前面說的，創作沒有標準答案，新井先生在這本書中提到，他提供的只是方法，不是正確的解答，每個人的創意不同，只是給予一條容易抵達的途徑。常常有創作者會問，是不是照著評審建議修改就可以得獎，但每一次比賽都是一期一會，遇上的對手大不同。創作是一條永無終點的道路，比賽沒有得獎並不代表作品失敗。

《原來謎團是這樣鍊成的：幫助你解決創作懸疑推理小說的一切難題》不僅是一本適合創作者的書籍，我認為也非常適合喜歡懸疑推理小說的讀者。了解更多創作者的意圖與方法，在閱讀時更能增添許多樂趣。新井先生非常推崇在故事閱讀完畢、了解整體結構後，再從頭讀一次的方式。懸疑推理小說並非知道謎團與解答就只能讀一次的作品，綜觀作品全貌後，再細讀一遍，好的作品更會讓人感受到精巧與細緻的布局。尤其新井先生在書中提到的範例之多，有幾章列出了十幾本作品來佐證，透過他人的觀點去檢視曾經看過的書，是非常有趣的事。尤其新井先生更謹守「不能暴雷」的原則在談書，更是令人心癢難止。我本來就是個會重複讀書的人，每次閱讀都會得到不同的收穫，這本書我當然也讀了兩三次，很期待和大家一起討論這本書。

前言——

我以編輯身分從事新人獎工作小組的初審工作已長達近二十年之久。

曾參與過的獎包括「新潮懸疑推理俱樂部獎（新潮ミステリー倶楽部賞）」、「恐怖懸疑大獎（ホラーサスペンス大賞）」、「新潮娛樂大獎（新潮エンターテインメント大賞）」、「新潮懸疑推理大獎（新潮ミステリー大賞）」等等。

閱讀過了數以百計的應徵稿件，在這過程中我經常會產生「真可惜，這故事明明可以寫得更有趣」的想法。歸根究柢是因為這些作品沒有完整達成「懸疑推理小說的條件」，也就是說，沒有按照「鐵則」來寫。

懸疑推理小說這個領域，充滿不成文的規則。這些規定原本應該在閱讀經驗中自然習得，但這個習得過程，光靠一己之力，不但曠日廢時，且每個人的精力也有限。

學生時代，我參加了名為「推理小說研究會」——通稱「Mystery 研」——的社團。

我經常在聽了社團前輩和同輩的分享後，視野大開，不禁感嘆「原來還有這種切入點」、「自己真是什麼都不懂」。那些觀點都是一個人默默閱讀時也很難察覺到的細節。

我想透過這本書，向各位初學者言簡意賅地說明，我透過社團和工作所體悟出的懸疑推理小說「鐵則」。

這本書是以我的審閱經驗為根據，相信應該或多或少能提供有志成為小說家的創作者作為參考。我也會整理出新人獎工作小組希望投稿者能注意的事項。

如果你是明確以參加「新人獎」為目標，那你也可以先從最終章〈關於懸疑推理小說新人獎的書寫、投稿與選拔之我見〉開始閱讀。如果裡面寫的都是你早已知道的內容，當然再好不過，但其中一定會有幾項是你「有所誤解」或「不曾想過」的。

此外，如果你只是一個喜歡閱讀的人，那這本書也很適合你，喔，不，應該說這本書正是為你而寫。

閱讀和書寫其實是一體兩面。只要知道創作者特別著重哪些地方、特別在哪裡下工夫，就能大大提升閱讀的樂趣。

像是圍棋、將棋等棋藝，若想親身感受名人的棋藝有多高強，那你自己就得擁有一定程度的下棋能力。懸疑推理小說也是如此，只要對創作手法有進一步的理解，並鍛鍊出寫懸疑推理小說的基礎功力，那麼即使是同一部作品，你鑑別作品的「解析度」一定也會顯著提升，進而發現該作品究竟哪裡厲害，究竟在哪裡做出了劃時代的突破。

＊正文中舉出的眾多書名、作品名稱、系列名稱，只會在第一次出現時以粗體表示。另外，短篇小說只有作品名稱以粗體表示，短篇集的書名則維持原字體。關於劇透，除了「中場休息」（頁一二七至頁一三四）外，其餘部分都不會談及真相和犯人，敬請安心閱讀。

目次
CONTENTS

目次
CONTENTS

目次
CONTENTS

第一章　歸根究柢什麼是「懸疑推理小說」

「懸疑推理小說」（mystery fiction [1]）究竟是什麼樣的小說？

日文裡，懸疑推理小說又被稱為「推理小說」、「偵探小說」，此外還有「正宗懸疑推理小說」（又譯為「本格懸疑推理小說」）的稱呼。廣義來說，「警察小說」也被包含在懸疑推理小說中。

剛剛提到的「廣義」，實際上，某新人獎的徵稿須知，的確就在內容說明中寫著「廣義的懸疑推理小說」。既然有廣義，那就代表也有「狹義」的懸疑推理小說嗎？歸根究柢，「懸疑推理小說」到底是什麼？首先，就讓我們從這個問題開始思考。

[1] 譯註：直譯為「神秘小說」。日本小說界的「推理小說」的發展由來已久，早期皆是偵探、犯罪類型中規中矩的小說，多以偵探、刑警等為主角，但隨著推理小說的蓬勃發展，內容變得愈來愈多元，因此後期開始改用「mystery」一詞來取代「推理」，以涵蓋更廣泛的推理小說。

◆懸疑推理小說的「三種神器」是什麼？

遇到這種問題時，第一件事就是看看辭典如何解釋日文中代表「懸疑推理小說」一詞的外來語「mystery」。

【mystery】①神秘的事物；不可思議的現象；謎團。②廣義上的推理小說，包含奇幻小說、怪譚小說等。

再查一查什麼是推理小說。

【推理小說】多以犯罪為題材，隨著故事情節，一步一步解開犯案的動機、方法，以及誰是犯人等等，其主要目的為藉此滿足讀者閱讀上的樂趣；偵探小說；懸疑推理小說。（第二次大戰以前稱為「偵探小說」。）

摘自「大辭林」（第三版）

不愧是「大辭林」，解釋得簡單扼要。不過，這是「犯罪小說」的解釋，既然「推理小說」刻意推崇「推理」二字，就是以思考上的攻防戰作為閱讀樂趣，因此這樣的解釋還不足以說明「推理小說」。

那麼是哪裡不足呢？

不足的是「謎團」、「伏筆」和「符合邏輯的破案」。

本書後續所提到的「懸疑推理小說」，皆是指具備以上三點，並以解謎樂趣為主要目的的小說。

眾所公認的第一部推理小說，是愛倫．坡的**〈莫爾格街凶殺案〉**（收錄於《莫爾格街凶殺案與金甲蟲》〔暫譯，原書名：モルグ街の殺人・黄金虫〕新潮文庫），公開發表於一八四一年。

故事講述一樁發生在密室的虐殺慘案，主角C．奧古斯特．杜邦（C. Auguste Dupin）根據線索推理並且破案。令人驚訝的是，故事中包含了密室、無法解釋的犯罪現場、不明所以的線索、特立獨行的偵探、意想不到的真相等等要素，可說是象徵懸疑推理小說的要素一應俱全。這就是最早建立起以「謎團、伏筆、符合邏輯的破案」為基本要素的推理小說系譜的始祖。

◆無論如何都要先拋出謎團

在絕大多數的情況下，謎團就是辭典解釋所指出的「犯案的動機和方法」及「犯人」。但謎底若是過於平凡，或過程中過於明顯指出犯人是誰的話，故事就會變得無趣。到底是誰？為了什麼？是怎麼辦到的？唯有抱持著這些疑問的時候，讀者才會產生興趣。推動懸疑推理小說故事發展的最大動力，正是這些謎團。

雖說如此，若是直接問「究竟有誰會是犯人」的話，就太過直截了當而難以引人入勝；若是發生在日常開放空間的事件，嫌疑犯的名單則會趨近於無限。我們在閱讀時或許不會留意到這一點，但事實上，要在巨大的分母中「鎖定出可能的嫌疑犯」是一件極其不易的事。

之所以需要創造出所謂的「暴風雨山莊」，就是這個緣故。一場突如其來的暴風雨造成土石坍方，深山中的獨棟住宅被孤立，即使向外求援，也因道路受阻而無法前來，當然大家也不能下山，情況更糟糕的話，甚至連電話都打不通。若此時在這棟住宅發生謀殺案，自然就只有在場的人才有可能是犯人。

還有一種模式是，以抵達方式有限的遠海孤島為舞台，被稱為「孤島類」的懸疑推理小說。這也是以交通手段受阻為固定模式，例如因為颱風等自然現象造成本土與外島無法往來。

阿嘉莎·克莉絲蒂（Agatha Christie）的**《一個都不留》**應該頗具名氣，因為它曾被翻拍成影集和電影。故事是講述一群賓客受邀來到名為士兵島的孤島，當他們住進島上宅邸後，成員就一個個接連被殺，而且殺害的方式恰恰如同兒歌「十個小小戰士」的歌詞。

雖然嫌疑犯不斷減少，依舊完全搞不清楚犯人是誰，但犯人確實就潛伏其中。懷疑「下個被殺的說不定是自己」、「身旁這個人說不定就是殺人犯」的緊張感，以及按照兒歌歌詞進行的謀殺，都帶來了無與倫比的驚悚與懸疑。

像這樣與外界阻隔的空間，被稱為「封閉空間」（closed circle）。其中最知名而經典的，就是前面所舉出的兩部作品，自此「如何創造出與既有作品不同的封閉空間」就成了懸疑推理小說史上的一項重要主題，從**《暹邏連體人的秘密》**（艾勒里·昆恩〔Ellery Queen〕），一直到最近的**《屍人莊殺人事件》**（今村昌弘），歷史上已有許多作家創造出了各式各樣不同的封閉空間。

即使不構成封閉空間，多數的懸疑推理小說仍會以某種形式，試圖將嫌疑犯限定在某個範圍內。

此外，有一類懸疑推理小說的最大魅力之一，是來自於不可思議的狀況或超乎常理的謀殺案現場，例如令人不禁懷疑：「到底要如何行凶？」、「為何會變成這個樣子？」這類懸疑推理小說自成一格，被稱為「不可能的犯罪」（impossible crime）。

約翰．狄克森．卡爾（John Dickson Carr）有一部短篇集作品，專門講述「不可能的犯罪」，書名為**《怪奇案件受理處》**（暫譯，原書名：*The Department of Queer Complaints*）。其目次中就羅列著各種超現實的標題，例如〈新隱形人〉（The New Invisible Man）、〈空中足跡〉（Footprint in the Sky）等等。

若將目光焦點放在日本，則有一篇名為**《戴禮帽的伊卡洛斯》**（收錄於島田莊司《御手洗潔的舞蹈》）的短篇小說。該作品拋出的謎團是，有一個畫家主張「人類有飛天的能力」，並不停畫著人類飛天的畫作，有一天，他突然在四樓的畫室裡憑空消失，並變成一具屍體，漂浮在距離地面幾十公尺高的空中。

這個故事一方面會讓人好奇這到底是怎麼辦到的，另一方面，一個夢想飛天的畫家，卻變成一具飛天的屍體而被人發現，這樣的情節挾帶著一種魔幻的魅力，令人幾乎忘掉這是在講述一樁謀殺案。

由此可知，謎團愈巨大、愈無法解釋，愈能讓讀者迫切地想要知道真相，而一頁接一頁讀下去。

◆然後是極其重要的伏筆

沒有解謎線索的伏筆，就稱不上是懸疑推理小說。因為沒有伏筆就無法「推理」。「埋設伏筆」是指，將能當作破案的根據或線索的資訊，事先寫出來。畢竟毫無根據讀者就無法鎖定誰是犯人，再說，如果犯人冷不防地開始懺悔自白，恐怕也只會令讀者感到唐突掃興而已。

在童話故事的《糖果屋》中，兄妹一路拋下了標記回家路線的小石頭，這些小石頭就像是懸疑推理小說中的伏筆。只要仔細地撿起每顆小石頭往回走，自然能抵達真相。

舉個例子，假設鎖定犯人的要素是「左撇子」。那麼，在破案的過程中，就必須在某個地方寫出一段能讓讀者看出那個人物是左撇子的描述。沒有必要用大白話直接寫出「○×是左撇子」，可以寫他用左手拿筷子，或無法好好使用右撇子所使用的工具等等。而且不能只出現一次，但每次都要用不同方式表現，如湯匙、筆、剪刀的使用方式等，並平均安插在故事的各個角落，同時也要拿捏好出現的頻率。因為讀者不可能認真地去記住每一個伏筆，也很難有那麼強大的記憶力。

再者，懸疑推理小說既是犯人和偵探之間的鬥智，也是作者和讀者之間的鬥智。作品中的偵探所獲得的線索，都必須好好向讀者展示出來。讀者若只看到文字敘述說：「得到了重要線索」，卻不知線索為何，就無法進行推理，而且會產生被作者棄之不顧的被拋棄感。

柯南．道爾（Conan Doyle）的**「夏洛克・福爾摩斯」**系列作品，並非透過偵探福爾摩斯的視角，而是透過紀錄者華生的視角書寫，並藉由這種書寫方式有效符合上述規則。與福爾摩斯一同行動的華生，他所看到、所聽到都與福爾摩斯並無二致，因此華生的所見所聞就等同於讀者的所見所聞。

福爾摩斯獲得的資訊也完全等同於讀者獲得的資訊，他從這些資訊開始建構出自己的推理，並找出真相。

舉例來說，收錄於《夏洛克．福爾摩斯大冒險》（暫譯，原書名：*The Adventures of Sherlock Holmes*）中的**〈大瘡疤乞丐〉**、**〈花斑帶〉**，在知道謎底後重新閱讀一次的話，就會發現其中伏筆埋得十分周全，而且那些伏筆究竟能不能在自己腦中留下印象，你應該最明白。只不過，也有滿多地方是福爾摩斯獨自察覺到線索後，賣著關子不肯說，最後卻成了決定性的關鍵，這些地方或許也會令人感到有點在耍詐。

埋設醒目的線索，到了破案的階段時，才令讀者大呼：「啊，原來如此，這麼說起來，前面確實有寫到。」這才叫做伏筆。

◆最後關鍵須為符合邏輯的破案

若無法將線索有機性地加以排列組合成一個連貫性的推論，那麼無論線索呈現得多完整，都是枉然。如果偵探找到了犯人，但靠的是直覺或模稜兩可的根據，恐怕任誰都無法心服口服。

「邏輯」一詞聽起來或許很艱澀，但簡單來說就是，作者論述「因為○○，所以某某某是犯人」的道理能否取信於人。這裡的「○○」可以是剛才所舉的「左撇子」，可以是「不識字」，也可以是身高「一百四十公分以下」等等。一般來說都會歸結成一個簡單的事實，否則就無法「找出」犯人了。

但故事不會這麼快就發展到如此簡單明快的結論，因此要在上一個段落、上上個段落，再一個階段、一個階段地將邏輯堆疊起來，才能抵達最終結論。

關於邏輯的堆疊，有一個簡單的例子，那就是「若A＝B且B＝C，則A＝C」的三段論（syllogism）。相關的著名作品為**《埃及十字架的祕密》**（艾勒里·昆恩）。我就是讀了此作，臣服於其破案的美感，而被昆恩圈粉。

破案篇的決勝關頭，有一幕是偵探艾勒里問道：「該不會還沒有任何一個人看出謎底吧？」這當然是向書中人物提問的台詞，但我閱讀時，彷彿是自己被人指著鼻子說：「你竟然還不知道？」

我認為，只要讀過這部作品，就能知道什麼是「優雅而合乎邏輯的破案」。因為其邏輯簡單明快，容不下任何質疑，任誰都會明白犯人指向哪一個人。這場破案有如一個三段論的範本。

雖然「正宗懸疑推理小說」有著五花八門的定義，不過，它其實就是更加重視這種邏輯性的一種小說類型——只要抱有這樣的觀念就可以了。

換言之，我們可以把懸疑推理小說看成是一種「有謎團，有埋好破案所需的伏筆，並將那些線索根據邏輯恰當地組合起來，找出一個絕無僅有的真相」的故事類型。

你是否也約略掌握住「懸疑推理小說」的形象了呢？下一章開始，我將會依序探討這些要素。

我們第一個要談的，就是懸疑推理小說不可或缺的「謎團」。

第二章　沒有謎團就沒戲可唱

從「mystery」一詞即可知道，懸疑推理小說的本質就是「謎團」，利用「謎團」的力量，使讀者欲罷不能地一頁一頁閱讀下去。但這畢竟不是推理猜謎，不能只有謎團，而忽略了小說的部分。

但懸疑推理小說若是沒有謎團就沒戲可唱了。

◆以「漂亮的謎團」作為開場

謎團愈有魅力愈好。再者，謎團應該盡量放在故事的一開頭。

倘若故事場景是一間辦公室裡倒臥著一具屍體，旁邊有一群人圍觀，此時即使問道：「現在究竟哪些人有嫌疑？」讀者也只會想：「反正犯人一定是辦公室的相關人士吧。」再說，這樣的場面一點都不引人入勝。

此外，如果閱讀了好久都沒有事件發生，就會讓人逐漸產生困惑，懷疑這本書真的是懸疑推理小說嗎？

雖說如此，也不是什麼樣的故事，都能將事件放在開頭。畢竟在故事舞台的說明、出場人物的介紹上，也必須有一定程度的交代。

但有一個解決方式，那就是設置「序章」（prologue，又譯為序幕、序曲、開場白）。許多懸疑推理小說都在一開頭設置「序章」，描寫出一個驚悚的場面，這並非巧合。因為這是提前通知讀者：「別走開，只要再往下讀一些，就會發生這樣的事件！」

所以要在開頭製造「亮點」和「懸念」。只要先讓讀者記住：「原來之後會發生這麼不得了的事！」那麼接下來的一段時間，即使什麼也沒發生，讀者還是會願意閱讀下去。如此一來，你也就能從容而仔細地描述事件和人物背景了。

當然，若能全篇皆以自然的順序介紹，當然是再好不過，序章只是需要時的一種輔助手段而已。

島田莊司曾在**〈正宗懸疑推理小說論〉**（收錄於《正宗懸疑推理小說宣言》〔暫譯，原書名：本格ミステリー宣言〕）中指出，「最初的階段一定會需要一個具有吸引力的『漂亮的謎團』」，所謂「漂亮的謎團」是指「既有魔幻感，又有強大魅力的謎團」，

「也可說是『具有詩性美的謎團』」。

關於謎團與破案，他有一段非常淺顯易懂的說明，因此這裡直接引述如下：

「關於『魔幻感』，只要沒脫離懸疑推理的基調，那麼發生愈不可置信的事情愈好。愈是無法根據常理常識來理解的事，就愈是理想。」關於破案的「邏輯性」，他則是說：「『邏輯性』是以徹底符合客觀性、大眾性、日常性為理想。所謂的『正宗懸疑推理小說』，就是要讓讀者被魔幻感和邏輯性這兩者間的落差搞得暈頭轉向，或讓讀者為其『落差之美』而陶醉的小說。」落差愈大，驚奇以及隨而來的情緒起伏也愈大。

雖然這是〈正宗懸疑推理小說論〉的其中一段，但這段話其實可以概括所有的懸疑推理小說。

要知道這位作者如何實踐自己的理論，最好的方法就是實際閱讀其著作，哪一部作品都可以，從自己有興趣的開始即可，不過，我首推的還是他的處女作，也是偵探御手洗潔首次亮相的作品——**《占星術殺人事件》**。

我在讀完這部作品，不禁又驚訝又懊惱地想說：「原來如此！這麼明顯的提示我竟然沒看出來！」當時的那份衝擊感，至今仍難以忘懷。

◆透天厝整棟消失

那麼具體來說，怎麼樣才是「漂亮的謎團」、「不可置信的謎團」呢？

接下來就以經典作品為主，介紹幾部以「謎團」聞名的作品。首先，從物理上的漂亮謎團開始聊起。

如果一個人從眼前憑空消失，而不留下一絲痕跡的話，應該會令人感到不可思議吧。克萊頓・勞森（Clayton Rawson）的短篇小說**〈消失地表〉**（Off the Face of the Earth）（收錄於《消失地表・世界短篇傑作集》〔暫譯，原書名：〈世界短編傑作集〉天外消失〉）就是這類以「人體消失」為主題的名著。

一個人在多名刑警的盯梢下，走進電話亭後竟憑空消失，只留下一支懸垂的話筒——這是一個無論怎麼想都「不可能發生」的狀況。

聽到電話亭（而且和日本式的有點不同）、懸垂的話筒，或許有些年輕人已無法想像出那是什麼樣的場景了，希望大家趁著依稀還有相關印象的現在去讀讀這篇小說。

要讓一個人消失，已非易事，要讓一整棟房子消失，那可就是放大絕招了。艾勒里・昆恩的**〈上帝之燈〉**（收錄於《艾勒里・昆恩的新冒險》〔暫譯，原書名：*The Adventures of Ellery Queen*〕）就是用這項大絕招魅惑我們的懸疑推理小說。

這是講述一棟建在「白色房子」對面的「黑色房子」，在一夜之間消失的故事。房子是徹頭徹尾憑空消失，而不是發生倒塌或付之一炬等狀況。一夜之間變成一塊什麼也沒有空地。

要怎麼樣才能讓這種事在一夜之間發生？事情當有其內幕，至於為何大費周章這麼做、這項詭計又是如何被看穿等等內容，就成了這部作品的精彩之處，可說是看點豐富。這部作品的另一項魅力在於，事情並非房屋消失就完事，之後還有接二連三的意外情節，會讓人驚喜地大呼：「原來還沒完哪！」雖是中篇小說，但也堪稱昆恩的代表作之一。

◆王道中的王道——密室

在物理性的「謎團」中，要說什麼才是王道，應該非「密室」莫屬吧。

「密室」正如其字面，是指密閉的房間，例如所有的鎖都從內部反鎖的房間；而「有人死在無法出入的封閉空間中」，「明顯是他殺而非自殺」的狀況，就稱為「密室殺人」。為何要如此大費周章呢？理由大致有二：

第一個理由是，為了讓自己被排除在嫌疑犯名單之外，即使屍體上或多或少有一些可疑之處，只要有了密室就能讓人認為：「死在無法進出的房間裡，就應該是自殺或意外吧。」然而，若因某些緣由而發現是他殺的話，就會變成一個不自然的謀殺案現場。

另一個理由是，原本不該是密室，卻因巧合或因第三者的作用，而「在結果上」變成密室。連犯人自己都不知道怎麼會變成密室。

如果還想知道有沒有其他不一樣的目的，那麼建議你讀讀看**《三毛貓福爾摩斯的推理》**（暫譯，原書名：三毛猫ホームズの推理，赤川次郎）。這是**「三毛貓福爾摩斯」系列**的首部作品，十分具有象徵意義。該作品中，有一具屍體出現在一間從內側鎖上了門閂的密室裡。由於顱骨和脛骨骨折，所以被認定為他殺，想當然耳，現場並未看到犯人。另外，整個房間也存在怪異之處。最後，這間密室因某個意外的靈光乍現而順利破案，這是在現代才有可能產生的密室。

除了以上物理性的密室之外，也存在其他各式各樣變化版的密室，包括雖然沒上鎖，但有人監視，而確定無人出入，或確定只有進沒有出等等，前面提到的〈消失地表〉，因為符合這層意義，所以也可看成是「密室類」懸疑推理小說。

約翰．狄克遜．卡爾（John Dickson Carr）使用這個本名與他的另一個筆名卡特．狄克森（Carter Dickson）從事小說創作，一生專注於創作密室類懸疑推理小說，還得到了「密室泰斗」的封號。

他的其中一部代表作品是**《三口棺材》**（*The Hollow Man*）。這部雖是密室類的名作，但它或許在另一方面更有名氣。

在這部作品中，有一名為〈密室講義〉（Locked room lecture）的篇章。值得一提的是，作品中擔任偵探角色的菲爾博士，直言自己就是一個書中的虛構人物，以成書於一九三五年來說，這種後設架構是十分嶄新且傑出的嘗試，不過，更令讀者受益良多的恐怕還是，鑽研各種密室的作家自行分類整出的「密室」種類與相關解說。密室的基本類型，在這本書中幾乎可以說被一網打盡。

據說江戶川亂步就是受到這篇〈密室講義〉的啟發，而寫下了**〈詭計分類大全〉**（暫譯，原篇名：類別トリック集成，收錄於《續幻影城》〔暫譯，原書名：続・幻影城〕）。文如其名，它是一篇不只談密室，還蒐集彙整了所有詭計的力作。

以上是透過文字解說而形成的內容，此外還有一本書，大量使用插圖來介紹沒有被拍成影視作品，就不可能在現實中看到的密室，那就是《有栖川有栖的密室大圖鑑》（暫譯，原書名：有栖川有栖の密室大図鑑，有栖川有栖．文／磯田和一．圖）。因為書中介紹了各式各樣出人意表的密室，因此光是當作趣味休閒書來閱讀就已十分有趣，再加上它還附有看點解說，使此書成為一本絕佳的密室指南。

只不過，雖然《密室大圖鑑》有刻意避開劇透，但〈密室講義〉和〈詭計分類大全〉

則無，尤其後者文中出現了許多具體的作品名稱。我自己在閱讀之前就被旁人警告過，閱讀了這兩篇作品，未來可能會在閱讀超級名作時，預先在謎底揭曉前就知道答案。

◆按照英文字母順序死人？

除了有「物理上」的漂亮謎團，還有「心理上」的漂亮謎團。也就是將焦點放在理由、動機——「為何要做出這種事？」——上的作品。這類型的名作比比皆是，而我要介紹的作品是會引發讀者純粹而強烈的困惑不解，令人不得不問：「為什麼？那樣有什麼意義？」

首先介紹的是，懸疑推理女王阿嘉莎．克莉絲蒂的**《ABC謀殺案》**。

事件是這樣的——一個以A字母開頭、名為安德沃（Andover）的城鎮中，發現了一具屍體，死者名字縮寫為A．A；接著，在貝克斯希爾（Bexhill）發現屍體，名字縮寫B．B；而後又在丘斯頓（Churston）發現屍體，名字縮寫C．C，每具屍體旁都放了一本《ABC鐵路指南》，而在事發前就會接到署名ABC的人士寄來的挑戰書。從犯案手法來看，很像同一犯人所為，但受害者之間沒有任何關聯，不知犯人是為了什麼犯下如此罪行。

若把場景換成日本大概就會是：在赤坂（Akasaka）發現的屍體，死者姓赤坂；在飯田橋（Iidabashi）發現的屍體，死者姓飯田（Iida）；在上野（Ueno）發現的屍體，死者姓上田（Ueda），而三具屍體旁都放著一本「五十音練習簿」。於是，順著五十音A、I、U、E、O的排序下去，江戶川橋（Edogawabashi）附近姓氏以「江」（E）字開頭的人，都開始惶惶不安。

「這一類型的謎團是，假裝或模仿任何人都知道的事——一個社群中男女老幼的共通認知，如兒歌、數數歌等，典型的例子是英文字母——來進行殺人。」從此來看，我們也可以稱其為「比擬殺」。所謂比擬，就是假裝成類似的樣子，例如將犯罪狀況「比擬」成兒歌歌詞。

單看以兒歌或俳句為比擬對象的作品，在日本較著名的是，橫溝正史的**《惡魔的手毬歌》**、**《獄門島》**等**「金田一耕助」系列**故事。前面介紹過的《一個都不留》也是典型的「根據兒歌的比擬謀殺」。其他還有模仿埃德加．愛倫．坡（Edgar Allan Poe）作品來發生事件的**《人人都愛愛倫坡》**（暫譯，原書名：だれもがポオを愛していた，平石貴樹）等等，比擬謀殺的題材總是讓懸疑推理小說迷難以抗拒。

有人做出比擬謀殺時，會發生什麼事？

此時，一連串的犯罪行為，將具有超乎犯罪本身的意義。因為人會試圖從中找出犯罪與比擬對象之間的關係。就像《ABC謀殺案》，雖然本身就只是一樁根據英文字母的文字遊戲所犯下的罪行為而已，但大家卻會開始猜測背後是否隱藏其他含意。

這類案件雖能明顯看出是同一犯人犯下的連環殺人，卻又在受害者的年齡、性別、職業等資訊上找不到交集，也不知道犯人犯案的理由、目的為何。雖然覺得不可能有人把殺人當成文字遊戲來玩，但又想不出其他理由。因為搞不清隱藏背後的關係，所以看不出動機，也無法鎖定犯人的樣貌。

這種類型的謎團是「原本受害者之間應該要有某種要素作為共通項目，但卻找不出來」，因此有「失落環節」（missing ring）之稱。

◆尋找失落環節

不妨想像一下：一條由多個圈圈環相扣而成的鎖鏈，這樣應該就很好理解了。這些相連的圈圈，就像是環環相扣的事件，最後連接至真相，但因欠缺了最後一個圈圈，而無法形成鎖鏈。也可以說成是，缺了拼圖的最後一塊拼片，唯有將那塊拼片完美拼合，才能到達真相，看見全貌。

當能夠解釋受害者之間的關聯性的那個「圈圈」被找到時，那將成為指認犯人的關鍵。這個關鍵，有時簡單到令人懊惱：「我怎麼沒有注意到」，有時是某種特殊堅持，只對犯人有意義。

艾勒里．昆恩的作品中，以失落環節為題材的是**《多尾貓》**，至於我心目中最經典的失落環節作品，則是**《消失！》**（中西智明）和**《ＨＯＧ連環殺人案》**（暫譯，原書名：*The HOG Murders*，Ｗ．Ｌ．狄安卓亞〔William Louis DeAndrea〕）。

《消失！》恰恰能展現出，即使表面上毫無關聯且看似複雜的現象，只要刨根究柢地追究下去，也會變得十分單純。

《ＨＯＧ連環殺人案》應該也可說是「ＡＢＣ」系列的正宗進化作品。可能的話，建議最好在先閱讀過幾本失落環節類懸疑推理小說後，再回頭來挑戰這部作品，否則恐怕無法對「ＨＯＧ」的真正的意義心領神會。

很遺憾無法在此將劇情詳細展開來說明，但希望各位都能閱讀看看這兩部作品，感受一下什麼是登峰造極的失落環節。

◆雖然討厭有人死掉的故事

再介紹另一種作品，它們探討的是「為什麼要做這種事？」這裡要介紹的是法月綸太郎的**〈死刑犯益智遊戲〉**（收錄於《法月綸太郎的冒險》〔暫譯，原書名：法月綸太郎の冒険〕）。

故事講述一名死刑犯在即將執行死刑前被殺害，明明什麼都不做，對方也一定會死，犯人為何還要冒著風險，而且是在即將執行死刑的前夕殺害對方？這令人無論怎麼想，都想不出有什麼合理的解釋。

關於動機也是如此，這部小說作為一個「解謎故事」（puzzler）——正宗懸疑推理小說中，被歸類為找犯人時重視邏輯性的作品，在日本有「puzzler」之稱——在嫌疑犯刪去法等的部分，也寫得十分出色。

收錄在同一本短篇集中的**〈開膛手〉**也是如此。對懸疑推理小說迷來說，在討論事件緣由的地方，如果讀者能自行解出謎底，就一定會忍不住嘴角上揚。

這篇短篇是以圖書館為舞台，講述一個關於書本的有點不可思議的事件。其中並沒有殺人、綁架之類的案件發生。

以這一類生活中小小的不可思議、不注意就會忽略的微小事件為主題書寫而成的故事，我們稱為「日常之謎」的懸疑推理小說。

過去以來，就有許多這類型的小說，據說戶板康二的**〈綠色車廂的孩子〉**（收錄於《綠色車廂的孩子》）是此類型的濫觴，但若要說是哪部作品將「日常之謎」大大提升成主要內容，並引領「日常之謎」成為日本懸疑推理小說中的一大類別，那就非北村薰的**「圓紫先生與我」系列**莫屬。該系列最早的一部作品是**《空中飛馬》**。

這本書是由五篇短篇組成的連續創作，內容講述女大生的「我」，透過恩師的牽線，與落語家[2]春櫻亭圓紫相識，圓紫先生則是針對發生在女大生身邊有點怪異的事件，推理出真相給她聽。

與書名同名的作品〈空中飛馬〉，是講述一個在幼稚園庭園裡剛設置好的木馬，只有在夜裡不翼而飛，早上又會回到原本之處。這如果是真實發生在身邊的事，恐怕大家只會想說：「是錯覺吧？」、「是你看錯了吧？」但這篇小說卻沒有讓故事止步於此，甚至不斷開拓世界，令讀者感嘆：「人類還是大有可為的」。《空中飛馬》加上後續的整個「圓紫先生與我」系列，大大開拓了懸疑推理小說的疆土，絕對是一部里程碑性的作品。

[2] 譯註：日本傳統說唱演員，類似單口相聲。

我過去曾在咖啡廳裡，聽到高中女學生聊關於書的事。聽到一個有印象的作品名稱時，我立刻豎起耳朵，那高中女學生說：「我討厭有人死掉的故事，所以以前只要是懸疑推理小說，我就絕對不看，還很排斥，但這本不一樣！」

她眼底閃爍著光芒推薦給朋友的書，就是所謂「日常之謎」的懸疑推理小說。我從未想過，有人死亡的劇情可以是讓人抗拒閱讀的理由，所以這件事又讓我重新體認到「日常之謎的偉大之處」。

◆配置成如同富士山般的高低起伏

以上我舉出具體作品名稱，介紹了各式各樣充滿魅力的謎團。如果其中對哪種謎團特別有興趣的話，請務必實際閱讀該作品，看看是如何破案的。雖然可能招來誤解，但我仍要說，我希望你看完後會有「原來不過如此」之感。

再怎麼超乎常識的謎團，都一定會有合理的謎底。那個謎底一定是遵循著物理法則，而非一種超自然現象。而真相勢必會令人感到既單純又沒什麼大不了。

不過，這裡希望你能思考一件事。

那就是要如何呈現，才能讓那些單純的事，變成「充滿魅力的謎團」。在知道真相後心想「不過如此」，是十分容易的。但你是否能自己推理出謎底？又或者，你是否能從真相形塑出謎團的樣子？若有志成為懸疑推理小說家，那麼首先你必須不屈不撓堅持去做的，就是「構築謎團」。

再怎麼厲害的詭計，如果不能成為「充滿魅力的謎團」，就無法勾起讀者的興趣。能不能讓現象更有趣？能不能讓景色樣貌更具魅力？能不能讓情況更反常？這些都是我們必須追求到極致的重要問題。

創造出許多謎團後，不要將謎團一個個胡亂拋出來，我們必須思考如何有效配置，才能讓謎團看起來更加引人入勝。接二連三放出大絕招的作品，讀起來雖然過癮，但強烈的印象會互相打架，結果經常變成事後怎麼回想，都想不起內容到底講了什麼。

想要讓讀者留下最深印象的謎團要放在山頂，支撐這個謎團的輔助題材則當作山坡，配置成如同富士山般坡度緩和的形狀，才是最理想的做法。山坡愈寬廣，山頂就會愈高聳。

閱讀新人獎的應徵稿件，最令我感到遺憾的就在於此。

雖然設計了謎團，卻沒有健全地發揮謎團該有的功能。有時即使真相大白，也不會讓人心情得到宣洩，有時因為太多東西塞在一塊兒，而搞不清楚這個故事到底想講什麼。我時常一邊閱讀著破案篇，一邊心想：「明明只要再多花點心思，故事就會更有魅力。」而這種感覺是相當遺憾且空虛的。

為了不讓這種情況發生，平時就該訓練自己一邊閱讀，一邊思考：「如果是我，我要怎麼處理這個謎團？」若想到更加有趣的方法，說不定有朝一日只要做出一點變化，就能用在自己的作品裡。即使沒有這種機會，分析一部作品哪裡有趣、哪裡有所不足，也能使自己的創作能力大大提升。

不僅對創作者而言如此，對編輯乃至坊間的讀者來說，也是如此。無論任何身分，只要是有志投入創作相關工作的人，我都會奉勸對方，在面對故事的時候，不要只給出「有趣」、「無趣」的評價，還要養成習慣，深入思考故事為何有趣，以及如何讓故事更有趣。

其中該徹底深入思考的第一要素，就是「謎團」。

畢竟，懸疑推理小說沒有謎團，那就沒戲可唱了。

第三章　公平與不公平之間

「這公平！」、「哪有，這不公平！」懸疑推理小說迷像這樣彼此爭論的光景，不知你是否見過？懸疑推理小說和體育賽事一樣，講究光明正大的競爭，重視公平性。這些「公平不公平論戰」中，引發最大討論的，應該就屬阿嘉莎·克莉絲蒂的**《羅傑艾克洛命案》**吧。只要看過這本書，應該馬上就會知道問題出在哪裡，可以的話，最好在讀過一些其他的懸疑推理小說後，再來閱讀這部作品，這樣比較能清楚看出討論的焦點是什麼。

◆「地之文」不能撒謊

那麼，懸疑推理小說中的「公平」究竟是指什麼呢？一言以蔽之，就是——

〈第三人稱的〉地之文不能撒謊。

這句話即說明一切。

雖說如此，大家恐怕還是難以想像具體是指什麼，所以就讓我依照順序娓娓道來。這裡使用〈單尖括號〉將第三人稱括弧起來的原因，則容後再述。

首先，從確認「人稱」開始。第一人稱是「自己」，換言之就是「我」。通過主人翁的視角與主觀想法敘述的故事，就是第一人稱的世界。

第二人稱是「你」，指的是在作品中的「你」，就是讀者本身或故事中的「聽者」。想要通篇都以對「你」說話的方式來敘述故事，需要擁有絕佳的筆下功夫，因此第二人稱的小說不多。

而第三人稱就是從一個非我也非你、中立第三者的角度所看到的世界。排除某個特定人物的價值標準和偏頗觀點做出公正敘述的，就是第三人稱。細分的話，第三人稱還可以再區分成多視角、單視角和上帝視角等，這部分容我之後說明，此處的「第三人稱」，單指沒有摻入任何主觀意見的客觀視角。

那麼，何謂「地之文」？

「地之文」是指作品中除了台詞、引用文以外的敘述部分。更粗略地說，就是沒有

「引號」、〈單尖括號〉、強調標記等特殊記號的部分。要注意的是，即使不是台詞，只要是帶有記號的字句，就表示有著某種特殊意義或暗示。這些字句就不能按字面照單全收。

無論稱之為「第三人稱」還是「地之文」，其實重點都是相同的，那就是必須「客觀」而不能「主觀」。

那麼，如此講求客觀而禁止說謊是為了什麼？

答案很簡單——否則讀者就不知道該相信什麼。

懸疑推理小說，尤其是正宗懸疑推理小說，經常被看成是「作者與讀者的鬥智」或「考驗智力的遊戲」，即使這種說法太過極端，它也確實是具有某種競賽性質的。既然是競賽，沒有規則就無法玩得盡興。因此，地之文所寫的內容必須為真。

定出了這項規則後，讀者才能以這項規則為依據，與作品中的偵探進行推理競賽。

這邊就以地之文為例：

年輕男子用蝴蝶刀從受害者背後刺了一刀。

你若這麼寫，行刺者就不是老人，也不是女人，更進一步來說，也不是裝成年輕小夥子的男人，而是如字面所寫的「年輕男子」。凶器也既不是菜刀，也不是碎冰錐，而是「蝴蝶刀」。再者，傷口必須是在背上，而且因為是「刺了一刀」，所以不會有多處傷口。

如果要將這些資訊模糊處理的話，可以改寫如下：

一個手持利器的人影接近，在刺了受害者後逃逸。

這樣寫的話，無論是凶器或犯人，可能的範圍都擴大了。因為是人影，所以可以是男性，也可以是女性。因為只有寫利器，所以當然包含蝴蝶刀，或是其他凶器。假使有人要挑毛病，也可以堅稱：「我又沒有寫是男是女，也沒有寫是菜刀、餐刀還是什麼！」

這是關於地之文的部分。至於台詞，情況就大不相同了，譬如目擊者提出以下證詞：

「我看到留著長髮、身材纖細的女性，用出刃刀[3]刺了那個人。」（注意，這裡有用引號括起來。）

這只不過是在目擊者眼中看起來如此而已，我們還無法確定實際發生了什麼事。台詞很大程度會受到出場人物的主觀影響，不能當成絕對的依據。將留著長髮、身形纖細的人視為女性，確實很合理，但留著長髮、體型過瘦的男性也是存在的。

當然，這不是說所有的台詞都不能相信，畢竟有時候台詞說出來的就是真實狀況，甚至多數的台詞都是如此。

即使是看錯，為何看錯、看錯什麼等等的資訊中，也有可能隱藏著幫助我們查明真相的重要線索。

不單目擊者，犯人又更是如此，他們當然不可能直接說：「是我幹的。」因此不能期待他們給出正確的證詞。他們或許會說謊，或許會隱瞞不利自己的情報，或許會栽贓嫁禍給別人，而且不只或許，他們是極有可能這麼做。

棘手的是，真相大白之前，因為不知誰是犯人，所以也無法斷定誰在說謊。

在描寫犯罪搜查的場景中，偵探對嫌疑犯進行盤問時，會不斷重複著一問一答，有些讀者可能會因此感到厭煩吧。但這種對話，正是一種公平態度的展現，因為話語中的破綻與矛盾，會為破案帶來提示。當故事中的人物在對事實進行核對時，又更是如此。

❸譯註：日式菜刀，專門用來剖魚，刀首為尖頭形狀。

然而，無論再怎麼注重公平，只要因為內容無趣而令讀者看不下去的話，那就失去意義了。因此，我們有必要寫得有趣而不單調，但這是需要下不少工夫的。

首先，應該要避免沒完沒了的盤問場景。總不能逼讀者接連讀了五、六個人的盤問，但內容全是一樣的，要是讀者心生厭煩地想：「好啦、好啦，又在確認不在場證明了」，而跳過了整段內容，那麼好不容易安排的線索，也會變得毫無意義。

因此我們需要創造劇情的張弛，避免產生重複的問答，比方說，在問答與問答之間插入其他情節，或在盤問中安插事件發生。

◆沒說謊，但也沒說實話

怎麼樣算是「不公平」的敘述呢？比方說，明明是男人卻寫成女人，明明不存在的人卻寫成存在。換言之，就是寫出來的內容明顯是撒謊。

那麼，不想清楚指出性別時，我們可以怎麼做？

只要僅以姓氏稱呼——其他還有使用看起來像姓氏的名字或是看起來像名字的姓氏，讓讀者把名字和姓氏搞錯等方法——並且避免可能暗示出性別的服裝、台詞、舉動即可。但也不可能一句話都不說，所以必要的時候，只要讓那個人從頭到尾都用敬語，恭敬客氣地說話，如此一來就會變成男女都有可能，有時讀者也會先入為主地腦補成自以為的性別。

這個方法有一部分是根據我的真實經驗領悟出來的。

有一款名為《Final Fantasy XI》的線上遊戲，我曾在遊戲上市時玩到廢寢忘食。我是使用女性角色作為自己在遊戲裡的分身。由於使用網路用語和表情符號會讓我難為情，因此在遊戲中對話時，我一直都只使用純文字客客氣氣地說話。

有時候會被別人問：「對了，你的性別是？」這種時候，我都會反問：「你覺得呢？」然後，不管對方回答男生或女生，我都會說：「那就當作是這個性別吧。」這並沒有什麼特殊的含意或意圖，畢竟現實世界和遊戲世界不同，我只是怕麻煩才這麼做。然而，可能是受到角色外貌的影響，大部分的人都會以為螢幕外的我也是女性，於是大家都對我十分親切。順帶一提，雖然我沒有說實話，但我也沒有說謊話，所以這不算是「不公平」的發言。

這個經驗或許能告訴我們，人的感覺是大大受到第一印象、偏見，以及自己「想要這麼想」的期待所影響。

《獨眼猴》（道尾秀介）是一部把偏見、主觀印象運用得淋漓盡致的作品。閱讀過這部作品，你一定會深深發現自己有多麼受到「自以為是的」主觀印象支配。若要描述這部作品有多厲害，我會說它讓我在第一次閱讀草稿時，就忍不住心想：「這條路繼續走下去，或許就會在遙遠前方發現懸疑推理小說的新大陸。」

在懸疑推理小說中，善用主觀印象和偏見是非常重要的，雖然不能撒謊，但故意讓人產生誤解的寫法，則是必要的。

若實際引用某部小說的內文，就會變成劇透，所以這裡請容我自己創作幾個彆腳的範例。

一出校門就看到同班同學A手裡提著一個裝滿巧克力的手提袋走在路上。我從後方語帶嘲諷地說：

「還是那麼受歡迎，真是羨慕死了。今年情人節收到多少啦？」

話音剛落，A立刻變臉，一副在叫我「閉嘴」的模樣。A露出略帶困擾的表情，加快腳步離開。

其實這是女校，A是一個受到學妹們廣大歡迎的女學生。這就是利用我們對情人節的既定印象來製造誤解。又或者，再舉一例：

我坐上了一張扶手椅，椅子的坐墊十分舒適，把重心往背部一靠，椅子不僅沒有發出咿咿呀呀的聲響，椅背還靜悄悄地改變了它的角度。

終於來到這裡了……我現在竟然像這樣坐在這張連做夢都會夢到的董事長坐椅上。

你會以為這個人是經過了一段漫長的升遷競賽，如今終於當上了董事長，換言之，你會以為這是一個有一定歲數的人，但結果他是年輕創業而當上了董事長，或是偷溜進董事長辦公室坐坐看椅子而已。這是利用一般人聽到「董事長」一詞時心中會浮現的印象所創造的誤解。

再舉一個更間接而進階的例子，有一個人因為某些緣故而無法說話，但此事必須暫時保密。

在這種情況下，就排除所有加上引號的台詞，全部用以下方式書寫：

〇〇指出，那件事情是××。

或者：

〇〇想說的似乎是××。

以上都是可變通的方法。這裡並未寫出「說了」或「聽說了」。一個人要指出某件事時，不一定要用說話的方式，我們也可以透過比手畫腳、筆談、電子郵件，推測出一個人想說的是什麼。上述兩種敘述方式，我們都無法斷言那一定是從嘴裡發出聲音的結果，所以這樣並沒有撒謊。

這樣的「公平」或許稱不上正大光明，但至少不是「不公平」。

其他人都用加上引號的台詞說話，中間若無其事地夾雜這種寫法的話，讀者只要一開始不起疑，應該就會以為〇〇先生／小姐也是以口說溝通。這就是我們想要達到的效果。不過，一次、兩次還好，如果總是只有一個人用這種迂迴的方式書寫，那麼讀者遲早會起疑。

因此，也有些作品會大費周章，讓通篇內容都不出現引號，如果長篇小說也使用這種方法的話，那就不只是大費周章，而是堪稱神乎其技了。

其他誤導方法還包括：突然切換場面；故意不寫主語或賓語，藉此讓人搞錯主體與客體等等，如果我描述得太詳細，就會變成劇透，所以這裡就不細說。總之在被稱為「敘述性詭計」（narrative trickery）種類的作品中，這些手法巧妙地以五花八門的方式呈現。

愈是複雜而規模龐大的謎底，創作者和編輯愈是必須注意是否「公平」。

如果地之文出現明顯不公平的敘述，例如明明不會說話的人，卻「說出」自己的意見；其實是男人卻寫成「女友」，讀者就會心想：「搞什麼，這樣豈不是什麼可能性都能成立了？」說得極端一點，就算九十九處的伏筆都是公平的，只要有一處的敘述不公平，整體的可信度就會下降，並被讀者認定這篇小說不能算「公平」。

只要是職業作家和編輯，就會抱持著這樣的危機管理意識在檢查草稿。

因此，讀完一部作品，無論你是驚艷於「我上當了」，還是忿忿不平於「寫法太卑鄙小人了」，在這個時候，不，應該說，尤其是這個時候，希望你可以在知道所有謎底的狀態下，將作品重讀一遍。

讀完你就會知道，創作者是多麼小心翼翼地在不構成謊言的範圍內，寫下可以招致誤解的內容。一字一句都不容馬虎。

◆別太信任「我」

有一種狀況下的「地之文」是必須小心，那就是以第一人稱敘述的故事。這就是本章開頭，我在第三人稱的地方加上〈單尖括號〉的理由。

第一人稱是以某個特定人物的視角與思考來敘述。無論該人物再怎麼認為自己所說的都是客觀事實，其中仍有可能存在主觀與錯誤印象。

第一人稱就是呈現出該人物的主觀想法，只不過主觀的程度各不相同而已。你可以想成是，原本全篇都是該人物的心聲，所以應該全都放在引號內書寫，但那樣會造成閱讀困難，而把最外側的引號省略掉。

因此，在讀第一人稱的小說時，必須認定：這個人物或許是「不可信賴的敘述者」。即使該人物本身自以為非常認真地在講述，看在第三者眼中仍有可能是謊話連篇，這一點只能藉由他人的觀點來確認。

當一個不可信賴的敘述者以第一人稱敘述時，「第三者的觀點」就變得非常重要。當我們仔細閱讀這些地方，並發現周圍的人與視角人物的認知之間，存在微妙的差異時，那裡多半就是作者埋下的伏筆。

◆意外棘手的「視角」

最後，既然談到人稱，那我也簡單說明一下與其有關的「視角」。

「視角」在辭典裡的解釋為「觀察事物的立場」（《大辭林》第三版），正如解釋所言，就是指觀察作品世界的觀點。

若是第一人稱，那麼該小說就是，透過視角人物的觀點觀察之後，以該人物的思考詮釋出的世界。

第三人稱則是客觀的觀察，並沒有透過誰的觀點或思考詮釋。

「第三人稱單一視角」是以登場人物中的某個人為主的觀察視角。或許可比喻為，隨時都由某個人物在用攝影機拍攝，並透過這台攝影機所看到的世界。所以該人物沒有參與到的事情，例如同一時刻在他處發生的事，就不能寫。

從這個角度來看，「第三人稱單一視角」跟第一人稱相近，但和第一人稱不同之處在於，「第三人稱單一視角」的地之文所描述的是客觀事實，其中不能摻入主觀。做個補充說明，假設一個作品中寫出了下面這句話：

A認為B絕對是犯人。

那麼，「A認為B絕對是犯人」就是客觀事實，但我們不知道B是不是犯人。這僅只是A這麼認為而已。

「第三人稱多視角」則像是攝影機不限於某個人使用，可以裝在各種地方，拍攝各式各樣的情景。所以，即使是同一時間發生在地球另一端的事件，也可以自由描寫。

若再向上提高一個層級，就會變成「上帝視角」，因為上帝什麼都知道，所以從登場人物的深層心理，乃至對未來的預知，任何事物都可以闡述，例如「此時的他並不知道，這將成為他們之間最後的對話」。

當然，撒謊就不行了。因為是第三人稱的地之文，當然不能撒謊，更重要的是，怎麼能讓上帝說謊呢？

這些「視角」看似便利，實則難搞。不只是新人獎，在各種獎的評審中，經常會有作品被指出發生了「視角不統一」的問題。

尤其是，太過隨心所欲地使用第三人稱多視角，造成視角四處跳來跳去的話，就會像不斷切換電視頻道，令讀者心浮氣躁。這種狀況若太頻繁發生，甚至會讓讀者完全搞不清楚這個故事在講什麼。

閱讀小說時，讀者會下意識地將自身代入登場人物。這時，如果說話者和聽者毫無預警地互換，就會令人陷入混亂，搞不清楚到底是誰在說什麼。

視角保持統一比較容易閱讀。即使要改變，也要讓讀者十分清楚知道「現在是誰在說關於什麼的事情」，例如，每一章固定只使用一個視角人物。

有時創作者會在序章或中場，穿插謎之人物的獨白，但這純粹只是為了更有效地讓讀者對謎團留下印象。如果寫得過於曖昧，讀者不翻到前面重看，就搞不清楚到底是誰在說話的話，讀者就會對作品逐漸失去耐性。

就算沒有發生以上狀況，其實要讓讀者清楚知道現在是誰的台詞，本來就不是件簡單的事。為了清楚表達是誰的台詞，而在每次的引號後，都一一註明「某某說」，讀者閱讀起來也會感到過於囉嗦。

理想的情況是，即使不說明誰在說話，也能從對話內容和說話方式，得知現在是誰在說話。雖說如此，並非要你用符號化的方式做出區別，例如每個老人都用「我啊」當發語詞，每個女性都用「人家」當主詞，而是要有符合本身性格的說話習慣，例如尖酸刻薄的人就要說話總是挖苦人，當開心果的人就要常常有誇張反應等等。

我想任何人在社群網站或電子郵件上，應該都有使用過「（笑）」或「w」的經驗。我記得某位作家曾在閱讀過一篇對談的歸納整理後，說：「整理歸納得很好，但如果不使用這個（笑），也能表達出正在笑的感覺會更好。」以小說來說，應該不至於會有人在台詞中使用（笑），但如果不在台詞後寫「他笑著說」，也能傳達出笑著說話的感覺，那就再好不過。

每個人一定都有過在日記或作文中，以第一人稱書寫的經驗，但只寫過第一人稱的人，突然要寫第三人稱多視角的話，難度就相當高了。寫第三人稱時，最初還是從固定人物的單一視角開始書寫比較好。即使如此，你仍會馬上感受到「排除主觀、貫徹客觀」有多麼不容易。

至於純粹身為讀者的人，能像這樣事先具備人稱和視角的觀點，將會幫助我們對懸疑推理小說，乃至所有類型的小說，做出更深入的閱讀。

第四章　意外的犯人並不「意外」

這是距離現在十分久遠的故事。我調派至單行本[4]的部門後，立刻得到了一份負責編輯的工作，是編撰以密室為主題的精選集。因為是第一次負責懸疑推理小說，我當然是全力以赴思考內容介紹、書腰文案，其中我寫出「意外的犯人」一詞，結果被主管斥責：「你寫這什麼文案！」

他又說：「這是在介紹懸疑推理小說，犯人意外是理所當然。不要寫這麼理所當然的東西，改成別的！」

原來如此！我心想。

[4] 譯註：源自於日本，指單獨出版、不屬於某一叢書的書籍。單行本大多只有一冊，但如果頁數較多，一本單行本亦可能分數冊出版。

◆看起來愈像犯人，就愈不是犯人？

正是如此。如果明顯可疑的人物就是犯人，這樣的懸疑推理小說還有什麼趣味可言。正因為犯人是乍看之下不像犯人的人、看起來不會做壞事的人，閱讀小說時才會充滿趣味。

然而，光憑如此就輕易上當的，也只有剛剛開始閱讀懸疑推理小說的初學者，或是絲毫沒想要去猜犯人的「寶藏讀者」而已。只要多讀過幾部作品，就會看穿這些把戲，進而想說：「作者把這人寫得這麼可疑，表示他大概不是犯人。」有時，讀者甚至會無憑無據地猜說：「這人看起來最不像犯人，所以他可能就是犯人。」然而這樣的預測往往有頗高的機率會猜中。

以懸疑推理小說來說，重要的是推測出犯人的線索及推理過程，若讀者只是胡亂瞎猜，就猜中犯人是誰，對創作者而言也不痛不癢。只不過，還是會有點不甘心，不，更像是會感到空虛吧。

作家在寫小說時，可能想著：「懸疑推理小說的樂趣，並非只有『猜犯人』而已。」編輯在編製一本書時，也是這麼想的。雖說如此，「誰才是犯人？」是推動我們閱讀懸疑推理小說時一個相當重要的內在動機。

◆最開始是「猜犯人」

你是否聽過「Whodunit」一詞？

它是指「誰幹的」（Who done it），也就是指以「犯人是誰？」的謎團作為主要焦點的懸疑推理小說。

正宗懸疑推理小說中，作者會在進入破案篇之前，插入「給讀者的挑戰書」，以示其撰寫 Whodunit 的公平性，形式如下：

> 所有線索都已備齊。根據邏輯將你得到的線索組合起來，就一定能找出犯人。謀殺〇〇的人究竟是誰？祝各位聰明的讀者們好運。

艾勒里．昆恩以**《羅馬帽子的秘密》**為首部作品的**「國名系列」**作品，幾乎都有插入「給讀者的挑戰書」，在**《殺手住在21號》**（暫譯，原書名：*L'assassin habite au 21*，斯坦尼斯拉斯－安德烈．斯特曼〔Stanislas-André Steeman〕）一書中，甚至還插入了兩次帶有挑釁語氣的挑戰書，文中寫著「給還不知道犯人是誰的讀者們」。

不只一次插入挑戰書的作品不在少數，其中做到最極致的是**《雙頭惡魔》**（有栖川有栖），作品中竟插入了三次「給讀者的挑戰書」。而且，不單是次數多，每一次的挑戰書都各有其確切含意。欲知詳情，請務必透過實際閱讀確認。

「給讀者的挑戰書」既是懸疑推理小說中的一種「風格美」（stylistic beauty），同時應該也是作者向讀者提出的邀請，邀請讀者在此暫停一下，試著推理犯人是誰。但實際上會停下閱讀來推理的讀者，恐怕少之又少。

其中一個理由是，只要沒做筆記，就不可能對細節記得那麼清楚。另一個理由則是，想看故事後續發展的欲望勝過推理的欲望。

當然，小說並非現實發生的事件，即使不停下來推理，即使認錯犯人，也不會有任何問題。

不過，坊間存在著一種懸疑推理作品，是讀者「不好好推理的話，會有愈來愈多人犧牲，豈止如此，甚至連自己都有可能小命不保。」

那就是名為**《恐怖驚魂夜》**（我孫子武丸／Spike Chunsoft）的電玩遊戲。這部作品被稱為「有聲小說」（sound novel），由玩家伴隨著影像和配樂，一邊閱讀畫面上的文字，一邊推進故事。玩家以主角的身分在故事中登場，故事透過主角的視角不斷發展。因此，玩家和遊戲主人翁的所見所聞，是一模一樣的。

故事進行的過程中，不時會出現選項，此時若不做出適當的判斷、推理，就無法阻止慘劇發生，自己也可能成為慘遭殺害的其中一人。如果只是漫不經心地選擇，就永遠也無法破解事件，甚至連能否生還都很難說。

雖然圖書也有遊戲書（gamebook）的形式，但選項與分支岔路錯綜複雜，靠著圖書難以完全處理，而且讀者隨時都能直接跳到結局去看，所以這很難說是一種適合懸疑推理的創作型態。

所有懸疑推理作品中，能令人如此直接感受到「不好好推理就無法破解案件」的壓力，應該非《恐怖驚魂夜》莫屬了。

言歸正傳，過去的懸疑推理小說幾乎都是屬於這種Whodunit，在故事中，由警察或偵探抽絲剝繭找出犯人。偵探和犯人的智力對決，就是讀者與犯人的智力對決，同時也是偵探和讀者之間的較勁，兩邊獲得的是相同的線索，並以此為基礎，比賽誰能先找出真相。在這類作品中，一切必須完結於小說內。

然而，隨著懸疑推理類小說的發展，作品大量產出，這種「Whodunit」能變化的花樣也愈來愈有限。因為是在有限的登場人物和舞台設定中，構思出「犯人是誰」的謎團與謎底，所以創作者能施展的招數也很難增加。

在此種瓶頸中誕生出的變化球是「一人飾N角」，其中最著名的應該是塞巴斯蒂安・雅普瑞索（Sébastien Japrisot）的**《灰姑娘的陷阱》**（暫譯，原書名：*Piège pour Cendrillon*）。比起我在這邊寫半吊子的故事大綱，不如用書腰上的一句話道盡這部作品的精髓——「在這事件中，我是偵探，是證人，是受害者，是犯人。」

這類發想的其他作品還包括：**《釘釘子在貓舌上》**（暫譯，原書名：猫の舌に釘をうて，都筑道夫）、**《暫名・中學殺人事件》**（暫譯，原書名：仮題・中学殺人事件，辻真先），前者的開篇第一句話就是：「這個事件中，我是犯人，是偵探，看樣子好像也會成為受害者」；後者則是一開始就直接宣布：「潛伏在這部推理小說中的真凶就是你。」

以上這些是寫在書腰或封面的內容介紹，或是開始閱讀立刻就會知道的內容，所以我就直接報出作品名稱，其他還有「讀者等於犯人」的超級名作、「一人飾六角」等作品，至於這些作品的名稱就不在此公布了。

雖然出現了如此優異的作品，但這些作品其實有如消失的魔球般，並不是那麼常見。

當然，一直以來也都有人試圖用正面進攻法，突破這種 Whodunit 的限制。

大部分的情況下，犯人是從A、B、C……等的嫌疑犯中指認出來。即使名單擴展到Z，候選人多達二十六個，仍不改變在有限的名單內選擇犯人的本質。從這一個角度來看，是很難展現出真正的意外性。

然而，此時若是指認α為真凶，又會如何？不僅讀者，包括作品中的登場人物一定都會感到吃驚，同時也絕對會想說：「這人誰啊？」、「竟然來陰的！」

但最終謎底揭曉，擔任偵探的角色說：

「讓我來介紹一下，A就是α。」

那個唐突出現的未知人物α，其實和A是同一個人。這麼一來，就能一邊維持當初的人物安排，一邊從嫌疑犯名單外揪出犯人，這是一種能帶來意外性的妙招。

除此之外，還有一個招式，被稱為「伯爾斯通障眼法」（Birlstone Gambit）。這是指「將犯人當成受害者，暫時使其退出嫌疑名單」。

障眼法（gambit）是西洋棋術語，先犧牲自己的棋子，以換取對自己有利的局面，也就是所謂「吃虧就是占便宜」的戰術。

當然，因為犯人實際上並沒有死，所以不是透過失蹤，讓人誤以為已經死亡，就是布置一個慘案現場，讓人無法或不想接近，或者串通能夠進行驗屍的人，總之就是透過各式各樣的計謀「詐死」。無論是作品中人物或是讀者，都會因此將死者排除在嫌疑犯名單之外，而創作者利用的就是這一點。

但即使如此，犯人最終只能存在於登場人物中。

◆超能力者不能當作犯人

於是，懸疑推理作品就展開了對 Whodunit 以外的新探索，慢慢地也開始重視起「Howdunit」（How done it：如何犯案），也就是「為什麼變成這副模樣？」、「這是怎麼辦到的？」

例如，「犯人如何製造出密室？」、「犯人如何在這樣的距離完成瞬間移動？」、「要怎麼樣才能讓明明已經死掉的人執行謀殺？」等等。

當這些謎團設定好之後，除了誰是犯人外，讀者還能關注其他焦點，這麼一來，即使靠亂猜猜中犯人，也不會降低作品的趣味性。

於是，Whodunit 和 Howdunit 的混合型懸疑推理作品，百家爭鳴，達到巔峰，但接下來又遇上了另一堵高牆。

那是物理法則的限制。

懸疑推理作品必須是「根據邏輯將獲得的線索組合起來，最終歸結於一個毫無矛盾的唯一真相」。

因為解謎的邏輯不能超越自然界的法則。

如果有人能穿牆、能使用念力的話，那隨隨便便都能製造出密室。這樣的內容讀者也不會買單。其實，也有懸疑推理小說是採用了「異世界設定」，作品之多可以形成一個子類型。關於這部分，我將會在第九章〈作品的世界是為何而創造？〉中詳述。

第二章中提到過約翰．狄克遜．卡爾的〈密室講義〉，只要約略看過這篇內容，你就會驚訝地發現，「世間竟然有這麼多製造密室的方法」。而且，至今「密室」仍是許多新書的賣點。

然而，無論密室的製造方法再怎麼隨著科技進步而增加，要製造出不違背自然法則的密室，方法仍是有限的。

關於移動方式也是，又不可能會瞬間移動或穿越時空；時間上不可能達成的犯罪行為，背後也一定存在著某種詭計。現代科學中，我們既不可能透過人力扭曲空間，也無法操縱時間。

到最後，Howdunit 也會迎來它的極限。

◆即使知道犯人也很有趣

從這個時候開始，在解謎趣味的追求上，大致可分為兩條路徑。一條是朝「Whydunit」的方向，另一條是朝「敘述性詭計」的方向。這二者可說是目前懸疑推理小說的兩大主流。

Whydunit 是指「Why done it」（為何犯案），它重視的是謎團的方向性，也就是重視動機要素——為何做出那種事？——所帶來的意外性。

這種因為是透過故事情節來探討，而讀者和登場人物所看到的是相同的世界，所以可以延續既有的方法。既然主要焦點是放在犯案理由上，就不會因為知道犯人是誰，而降低了趣味性，而且有時甚至會從一開始就知道誰是犯人，並以「為何犯人要做這種事？」作為貫穿全篇的謎團。

說到意外的動機，有一部代表性作品，在某種動機上可說是先驅性的作品，其後還催生出各式各樣的變奏曲，這部作品就是**〈瘋狂機關車〉**（收錄於大阪圭吉的《瘋狂機關車》）；若閱讀過連城三紀彥的**〈花虐之賦〉**（暫譯，原名：花虐の賦，收錄於《宵待草夜情》〔暫譯，原書名同〕），相信你也會為其中超乎想像的動機和行動，以及具有說服力的文學造詣感到不寒而慄；另外，米澤穗信的**〈滿願〉**（收錄於《滿願》）中，犯罪行為所伴隨的某項理由，也是完全出乎預料之外。

列為三大奇書之一的**《獻給虛無的供物》**（中井英夫），則是其中的顛峰之作。小說最後才揭曉「犯人」和其「動機」，在讀者剛開始閱讀的階段，恐怕再怎麼發揮想像力，也絲毫猜不到謎底。這部巨作影響了眾多作家，在歷年暢銷名單上總是名列前茅。**《密涅瓦的貓頭鷹會在黃昏時起飛嗎？》**（暫譯，原書名：ミネルヴァの梟は黄昏に飛びたつか？，笠井潔）一書中，用了這一段文字來描述作品本身：「深刻呈現建構與解構的自我矛盾的二重性，有如右手在織著毛衣的同時，左手也在拆著毛衣。」沒有其他說法能像「右手在織著毛衣的同時，左手也在拆著毛衣」一般，將這部作品的魅力和重點一語道盡。至於這個比喻是什麼意思，當你讀完後一定會明白，並且感動於這段形容之精確。

前面提到，也有些作品是從一開始就知道犯人是誰，比方說**《石中決》**（暫譯，原書名：***A Judgement In Stone***，露絲．倫德爾〔Ruth Rendell〕）一書甚至採取了十分大膽的結構，在第一行就寫道：「尤尼斯．帕奇曼殺害了科弗代爾一家人，全都因為她是文盲。」（日文版為小尾芙佐譯）小說一開始就把犯人和犯案原因都公布了。讀到這樣一句話，讀者也會不甘示弱地想說：「到時候可不要給我來個虎頭蛇尾的結局唷！」但是，當你繼續閱讀下去，這種心情就會被這個發生在英國偏遠鄉村裡如惡夢般的故事所擊潰。

這個派別再更進一步區分的話，還可分支出「Whatdunit」（What done it）。

閱讀前面提到的《空中飛馬》所收錄的〈**砂糖大戰**〉，或是閱讀《夏洛克．福爾摩斯大冒險》的〈**紅髮合作社**〉時，比起懷疑「為什麼要做這種事」，你應該會更想知道「這裡究竟發生了什麼事」。這種關於「什麼事」的謎團，就是Whatdunit。

此外，還有一些作品是，作品中人物當然也會困惑地想說：「這是怎麼回事？」但故事之外的讀者則會因為故事結構上的陰謀，而陷入更深層的迷霧之中。

閱讀恩田陸的《**中庭殺人事件**》，你會被它的多層結構，以及內外的不斷反轉，弄得眼花撩亂，但當你在腦中將複雜交錯的各種要素，一口氣地梳理出條理時，你一定會體驗到所有要素構築成一座龐然巨城，兀然聳立在自己眼前般的感受。

閱讀《**湖底的祭典**》（暫譯，原書名：湖底のまつり，泡坂妻夫），途中你一定會產生「咦？怎麼回事？」的念頭，並且忍不住往回翻閱，確認前面劇情；《**匣中的失樂**》（竹本健治）則是一章章「現實」與「虛構」的交錯，最終卻猶如「現實」在腳下崩裂般，帶給讀者一種天旋地轉的閱讀體驗。

有人說，在寫《匣中的失樂》時，其作者有刻意向三大奇書——《**腦髓地獄**》（夢野久作）、《黑死館殺人事件》（小栗虫太郎）、《獻給虛無的供物》——看齊，因此也獲得了「第四大奇書」之稱。不知如何解讀或詮釋的時候（雖然獨自思考也是讀書的一大樂趣），雙葉文庫版書尾收錄的創作筆記、對談、論考集等資料，能提供十分詳盡的參考。

◆從「犯人vs偵探」到「作者vs讀者」

像這樣作者從作品中跳脫出來，試圖直接對讀者產生影響的做法，發展到了極致後，就變成了「敘述性詭計」。

不同於偵探和犯人在作品世界裡交手，這是發揮文字的特性，善加利用刻板印象、錯覺、先入為主觀念，將讀者的意識誘導向自己設計好的方向。

在懸疑推理小說中，有一個術語叫做「錯誤引導」（misdirection），意指「分散注意力」。也就是在故事中安插明顯可疑的要素，把讀者的關注焦點帶到遠離核心之處。一邊讓讀者把目光挪向無關正題的方向，一邊大膽地在讀者眼前施展魔術戲法。

敘述性詭計當然也是錯誤引導的一種，既然是利用書寫方式促使讀者產生某種特定的誤解，那麼從這個含意來看，這個手法應該也可以稱為「引導」（direction）。

雖然不是敘述性詭計，但說到「引導」，我想到的例子是**〈幽靈妻〉**（暫譯，原篇名：幽霊妻，收錄於大阪圭吉《銀座幽靈》（暫譯，原書名：銀座幽霊））。從標題就已經開始瘋狂進行「誘導」的這部作品。最後揭露出的真相，或許會讓部分讀者跌破眼鏡，但重讀一遍的話——注意第一人稱而且是回顧的部分！——應該可以發現作者的敘述十分細膩。

上一章所介紹的「讓人誤判男女性別」的敘述，也是敘述性詭計的一種，其他還包括：讓人誤會年齡、對年代產生錯覺、誤認場所等等。透過改變章節組成、視角人物、主客觀，來調包讀者對空間和時間的認識。

比方說，有一個故事是，兩個姓氏相同的人，以第一人稱追查同一個謎團，每次換到下一章時，時代就會改變，其實是父親和女兒兩代的故事。

如果沒有特別注意，讀者很可能因為姓氏相同，就以為是相同人物。作者也期待讀者這麼想。但仔細閱讀的話，父親的章回裡，因為時代的關係而沒有使用手機，街道上看到的車子和招牌、電視廣告、時尚流行都不同於現下，作者想必是用這些細部差異來當作伏筆。

因為作品中的登場人物，既知道眼前的人是男是女，也清楚明白自己活在哪個時代，所以不會去說明時代背景。第一人稱的敘述者，沒有必要的話，也不會刻意詳細描寫關於自己的事。對於從外側環顧整個故事的讀者而言，登場人物們的「理所當然」，是屬於沒有被敘述的部分，讀者不可能知道。關於沒有說明的事物，讀者只能透過前後關係或現在的常理常識來思考，自然容易產生誤解和錯覺。

所謂的敘述性詭計，就是作者透過這些手法，直接向讀者施展騙術。

雖然我很想直接舉出作品名稱，介紹敘述性詭計的名作，但即使沒有討論到具體的謎底，只要說出「這部作品用了敘述性詭計」的瞬間，讀者就會對於敘述性詭計的存在有所戒備，因此即使沒有真正破哏，也形同破哏。

唯有在毫無預警的情況下，突然驚奇地出現，才能讓讀者拍案叫絕道：「謎底竟然藏在這個地方！」唯有如此，敘述性詭計才會發揮它的最大效果。

如果閱讀的時候已把戒心拉滿，想著「反正一定有詭計」，那麼無論這個詭計設計得再巧妙，也很難讓讀者輕易上鉤。

不過，這裡可以介紹一個讓敘述性詭計更上一層樓的作品，它是對書本本身施以詭計。

那就是泡坂妻夫的**《生者與死者》**（暫譯，原書名：生者と死者）。這部作品非常依賴紙本書的特性，因此在電子書上是絕對無法展現的。

購買時，整本書是每十六頁形成一個封袋頁（實際上是巧妙利用一種圖書裝訂上稱為「折」的加工機制，但這裡為了簡單扼要地說明，因此採用了「封袋頁」的說法）。首先，可以直接當成短篇小說閱讀。接著，再將封袋頁打開。此時，就會出現中間的十四頁，使整體變成一部長篇小說。驚人的是，當初的作為短篇閱讀的那些頁數，都會完美融入長篇小說中，它們既是短篇小說的一部分，也是長篇小說的一部分。任何人只要稍加思考，應該都會懷疑：「這種事怎麼可能辦到？」

幻想過這種設計的人，或許不只泡坂妻夫一人。然而，一般人恐怕都只能想想而已，不會付諸行動。但泡坂妻夫不僅真的嘗試了，真正完成一部作品了，甚至還出版成冊。這是難得一見的奇蹟之書。敬邀各位一窺這如同異次元般的絕技。

「約吉・甘地」系列的其中一冊**《幸福之書》**，跟《生者與死者》一樣，也是將詭計設計在書本上。這本書也是無法透過電子書來品嚐箇中奧妙。

◆從「選擇什麼」到「綜合技」

到此為止，我介紹了各種「謎團的主要焦點」，而今後最有發展潛力的，我認為可能是 Whydunit。

敘述性詭計只要閱讀經驗累積到某個程度，就能歸納出其變化，即使說不出具體為何，也能隱約感覺到「作者正在耍花招了」。雖然大家還沒看過的敘述性詭計一定多不勝數，但我認為真正的大絕招，恐怕也沒那麼容易頻繁地被寫出來。最重要的是，正如第三章〈公平與不公平之間〉所述，因為寫法有所限制，所以不可能「什麼都能做」。

然而，動機是人心的問題。不同於物理法則，人心顯然是沒有邊界的，如果狀況設定對了，再怎麼異想天開的動機，都能具有說服力。至於如何說服讀者，這正是需要創作者大顯身手的地方了。

關於謎團的呈現，對現代懸疑推理小說而言，已不再是選擇哪一個的問題，而是進入了另一個階段——將複數技巧合而為一，進行多重解謎。

比方說，一邊保留猜犯人的單純結構，一邊將能滿足懸疑推理小說迷的敘述性詭計偷偷夾帶進故事裡。

外表是正統懸疑推理小說，而讓讀者放下戒心，然後在出乎意料之處，使出費盡渾身解數的大絕招。施展絕招和被施展絕招的人，都將因此得到無與倫比的快感。

第五章　印象模糊的伏筆無法震驚讀者

提出一個具有魅力的謎團，並決定好犯人和解謎的方向後，現在就必須開始埋設伏筆，讓這些要素都能有效地發揮功效。沒有伏筆的話，就算謎團再漂亮，不但無法將邏輯的積木組合起來，而且破案時即使拿出了翻盤的證據，也只會給人猜拳慢出的作弊感。

理想的伏筆是，隨著故事發展，自然地在讀者腦中埋下記憶，留下印象，而非刻意營造。

要埋設出漂亮的伏筆並不容易，但伏筆若埋設得好，就會令人讚嘆不已，這絕對會成為懸疑推理小說中的一大看點。

那麼，厲害的伏筆究竟應該長什麼樣子？

◆必須能以影像的方式留下印象

首先，必須要以影像的方式存在記憶中。換句話說，就是要能在腦海中浮現出畫面。資訊性的內容寫得再多，只要不夠有趣，都會在閱讀時被快速略過；此外，一個橋段若在小細節裡不停打轉，讀者也會難以記住。

假設書櫃從上數下來的第二層，插著一本盒裝書，頁數可觀，而這本書具有重大意義。比方說是書中的紙張被挖空一個洞，用來藏匿麻醉劑。如果要為這件事埋伏筆，我們該怎麼做？

其中一個方法是，先設定屋主愛書，列舉書櫃中排列的書名，如下：

——屋主似乎愛看懸疑推理小說，阿嘉莎・克莉絲蒂的紅色書脊排成了一排。《東方快車謀殺案》、《三幕悲劇》、《羅傑艾克洛命案》、《死亡不長眠》、《問大象去吧！》、《殺手魔術》、《超魔法主題》、《白羅的聖誕假期》、《幕》等等。——

若這麼寫，讀者只會想說：「啊，有克莉絲蒂的書耶。」這一幕最後就會被忽略。

其中，《超魔法主題》（*Metamagical Themas*）並非克莉絲蒂的著作，而且在日本，這本書既是大開本，頁數又極多，有些版本還是盒裝書，但此事頗為冷門，知道的人應該不多。

像這樣埋下一個「這裡有一本與閱讀喜好無關的厚書」的伏筆，對讀者來說，察覺到的難度實在有點……不對，是實在很高。創作者要主張這樣也算是伏筆，是個人自由，但能夠察覺到「這是伏筆」的讀者應該少之又少。更重要的是，這個伏筆埋設得很蹩腳。絕大多數的人會覺得此處不過是在羅列書名，而略過不看。我們甚至可以說，讀者若是連《超魔法主題》是什麼樣的書都不知道，那這裡根本就稱不上是伏筆。

那該怎麼做呢？我們必須將伏筆寫成一幕插曲、一個場面，讓這一幕在讀者腦海中留下印象。

——我們因一點小事起了口角爭執，我被他輕推一把時，肩頭撞上了牆邊的書櫃。上方的書翻飛落下，一本厚實的盒裝書直擊我的天靈蓋，不知是撞的角度剛好，還是我喝醉了，頭上並沒有腫起來，感覺也不是很痛。

不痛歸不痛，難以置信的是，眼前的男人竟然把被書砸中的我晾在一旁不管，逕自朝掉落的書飛奔而去，背對著我檢查書本有沒有事。我是不知道那本書有多珍貴，但再怎麼說也應該關心我一下吧？——

利用這樣的寫法，就能佯裝成一個「該角色把書看得比人更重要」的插曲，來傳達這裡有一本厚實的盒裝書，以及那本書其實很輕等的資訊。接下來再寫說，發現散落在地上的都是書脊為紅色的書❺，而且都是克莉絲蒂的書，那麼就能暗示那本盒裝書是一個例外。更進一步來說，又厚又重的書原本會擺在穩定的書櫃下層，很少人會擺在上層。

許多作品都會像這樣用留下視覺性印象的伏筆，令人在事後拍案大呼：「原來如此，原來是這麼回事！」其中，讓我第一個想到的是**《殺人時計館》**（綾辻行人）。具體指出伏筆的話，就幾乎等於是劇透了，所以這裡只分享作品名稱。因為場景令人印象深刻，絕對不會忘記，所以當真相浮出水面時，就會立刻知道那是怎麼一回事，伏筆埋設得十分別緻。從故事層面來說，其情節高潮處的美感，在該系列中也是首屈一指，因此強烈推薦給尚未閱讀過的讀者（可以的話，請按照十角館、水車館、迷路館、人形館，以及時計館的「館」系列出版順序閱讀）。

◆最好是雙關性的伏筆

前面關於書本的例子，還有另一項重點，那就是把這個伏筆佯裝成「描述愛書人的橋段」。你所埋設的伏筆，若單純只是作為一幅畫面，形容得如詩如畫，或者作為一段插曲，描述得令人印象深刻，而讓人「留下記憶」的話，那麼習慣懸疑推理小說的讀者就會察覺到：「雖然不知道詳情如何，但這裡看起來肯定是某件事的伏筆。」

當然，對創作者來說，這種程度的預測不足為懼，讀者只有意識到這裡是伏筆也還可以接受，只不過，之後的驚訝感必然會減弱。

理想的狀態是，讓讀者意外於「原來不是我想的那個，而是這個」。以這次的例子而言，原以為這個橋段是在說明「重視書本到一個異常的程度」，結果卻是為了一個完全不同的理由而埋下的伏筆，能否像這樣引起讀者的意外感，是十分關鍵的。

因為讀者是明明「察覺到」有伏筆，卻「沒察覺到」伏筆的真正意涵，所以在驚訝之外，還會多一層懊悔，效果將十分卓著。

說到了不起的謎團與伏筆，那麼這部小說就非提不可——高木彬光的《人偶為何被

❺ 譯註：日本的文庫版小說，不僅大小，外觀上也有所統一，相同分類或相同作者的書，往往會在書脊上會使用統一的顏色。

殺》（暫譯：原書名：人形はなぜ殺される）。

它的故事大綱介紹道：「在眾目睽睽之下，『人偶的頭』突然從原色木材的箱子中消失。隨後，立刻在殺人案現場發現一具慘不忍睹的無頭屍體，和原本消失的人偶頭。一場預告謀殺的殘酷人偶劇。那是凶手下的戰帖嗎!?」後面甚至還發生了列車意外事故，而破案篇保證讓你對「人偶被殺的理由」感動不已。無論是作為 Whydunit 小說，還是在謎團與伏筆間的關聯性上，這都是一部無可挑剔的作品。

這些都是讓故事橋段被詮釋成其他意義，到了破案篇才真相大白，而那些伏筆經過一陣組合，最終就會呈現出一個全然不同的樣貌。這就是懸疑推理小說的妙趣所在。

也許你也曾看過有人用「結局將徹底顛覆」來評論一部懸疑推理作品，這裡說的就是這麼一回事。雖然看得見的現象不變，但透過改變其意義，讓一切被翻轉。

要達到這個目標，絕對需要小心翼翼地埋下伏筆，此外，就算想到了一個厲害的伏筆，也不能就此滿足。

◆鈴木一朗也有四成打不著

即使埋下了十個伏筆，讀者頂多也只會注意到三個左右，而且還不會通通記得。聽到努力埋下的伏筆一半都不會產生效果，或許你會覺得很喪氣，這種時候我們只能想想鈴木一朗，即使是他也有四成的球打不著，所以我們只能認命。

就算我們使出渾身解數，埋下了一個漂亮的伏筆，要讓讀者發現、記住，並在最後憶起這個伏筆，其實是一件非常不容易的事。

另外，在整部作品的各個角落都埋設伏筆，是十分重要的事。如果你打出一個「Multi-hit❻」，將多個伏筆全部埋設在同一處的話，一旦讀者閱讀時跳過那段，你的努力就會化作泡影；而伏筆若是在最後關頭才傾巢而出，就會給讀者自圓其說的感覺。埋在故事開頭的伏筆有很大的機率會被遺忘，所以可以在途中透過一些輕描淡寫的台詞來幫助讀者「複習」。

你是否也有在閱讀破案篇時，疑惑地想過：「前面有寫到這一幕嗎？」

就算記得，很多也只留下模模糊糊的記憶，覺得：「這麼一說，好像是有這一幕……」更何況，不是每個人都會一口氣從頭看到尾，閱讀的時間拉得愈長，不僅對故事開頭，連對故事中、後的記憶都愈容易淡忘。

❻譯註：一場比賽打出兩個以上的安打。

我們既不能責怪讀者忘記，也無法操縱他們的記憶。作家唯一能做的，就只有發射出許多巧妙設計的伏筆子彈，儘量讓讀者的記憶中，留有更多與線索相關的印象。

我們也可以在破案篇中插入回憶情節，藉此喚醒讀者關於伏筆場面的記憶。但只有文字的資訊性伏筆，也很難達到這個效果。即使你說：「明明就有寫啊」，也只會換來讀者的一句：「那個我哪記得住」。

這就是我們必須留下視覺性伏筆的原因之一。若是問說：「有這麼一幕吧？」讀者記起來的機率就會大大提升。

此外，並非只有直接的線索，才叫做伏筆。

為了不讓重頭戲的伏筆流於刻意，而令讀者感到突兀，事前就要多預演幾次，好讓讀者對那樣的刻畫方式習以為常，這也是伏筆的一大作用。

假設「重頭戲」是把摻了毒的酒給人喝，那麼為了不讓讀者對這一幕感到唐突，就要描繪出犯人平日見到任何人都喜歡勸酒，或是受害者有夜晚小酌一杯的習慣，將這類橋段展示給讀者看，這也被稱為一種伏筆。

能否注意到伏筆，完全就要看讀者的造化了，畢竟到了後面才一項一項地解釋說：「其實，第〇頁有寫了××，那裡是伏筆」，只會令讀者掃興，也會暴露出自己的拙劣感，一般來說大家都不會這麼做。

但凡事都有例外，在卡特．狄克森的**《孔雀羽謀殺案》**（原書名：*The peacock feather murders*）中，偵探在破案篇中對所有伏筆一一進行回收和解釋，而且還利用註釋標明頁數，這是十分友善讀者的設計。閱讀此作會讓讀者驚訝地發現自己究竟忽略了多少伏筆，因此閱讀此作也能幫助我們了解伏筆「有多麼容易被忽略」。

◆不知道的因果無法連結

每一名創作者到了真正要埋設伏筆的時候，都會碰上一堵不安的高牆，那就是「可以寫得這麼明顯嗎？」

先說結論，這完全是杞人憂天。你可以盡量大膽地埋下伏筆。只要沒有寫出明確的因果關係，不管你覺得多麼「昭然若揭」，讀者都不會識破。

光是這麼說，你可能還是無法放心，因此這裡我要借用變魔術所使用的語言來說明。變魔術的其中一條定律是「不能先說出接下來將要發生什麼事」。也就是說，不能先宣告「會有鴿子從帽子裡飛出來唷」、「這枝筆會變成手帕唷」等等，才開始表演。

其中一個原因是，事先預告接下來會發生的事，觀眾的驚訝程度就減半，冒出了一隻不知從哪兒來的鴿子，確實會令人感到驚訝，但在不知道會發生什麼事的情況下，突然有鴿子出現，那種驚訝感肯定遠大於前者。

懸疑推理小說也是如此。「這時他們還無從得知」、「這將成為最後一次和他說話的機會」，如果寫出諸如此類提及未來將發生的事，且透露了過多訊息的話，實際發生時，衝擊感就會降低，有時甚至會被讀者提前預料到。人在面對「可預測的事」和「已知的事」時，反應都會趨於平淡。

另一個原因是，如果對未來將發生什麼一無所知的話，就無法正確掌握事物的意義。

人的大腦會試圖為眼前發生的事賦予意義，無論理由再怎麼牽強都好，因為搞不清狀況的話，內心就會一直過不去。但那個理由所編織出的劇情，只有在那個當下才會顯得合情合理。這種時候，我們不會為眼前的事與目前還不知道的事件，建立起因果關係。

前面關於厚實書本的那個例子，就是如此。第一次閱讀的時候，讀者不會知道書的橋段會跟事件或謎團產生關係。於是，大腦會做出符合當下狀況的最合理解釋，換言之，就是理解為一段描寫「愛書人」的插曲。

作家自己知道那個伏筆具有什麼含意，與謎團有何種關係，所以無論如何都會感到擔心。但讀者並不知道那個伏筆的含意。因此，盡情大膽地寫下你的伏筆吧。愈是放手大膽去寫，愈能夠令讀者留下印象，到了破案篇時就會帶來更大的衝擊感，使讀者拍案叫絕。

你不妨找一部你還清楚記得謎底的懸疑推理小說來閱讀，屆時你一定會驚訝地發現，書中的伏筆竟寫得如此明目張膽。

這正是我在閱讀應徵稿件時，感到十分惋惜的另一個地方。每個人的伏筆都埋得戰戰兢兢，閱讀到破案篇時，只剩下淡淡的印象，謎底揭曉後，也只會想說：「這麼一說，好像有寫過這麼一段。」其實能讓人留下記憶已經算不錯了，有些甚至會淪為令人懷疑：「咦？真的有這一段嗎？」

經常有人會說自己「看到一半就知道了」，但大部分這麼說的人，單純是「感覺到不對勁」而已，這絕不表示他們真的看穿了謎底，所以無須在意這樣的發言。

因此，請放心，用公平競爭的方式，大膽而細膩地埋設伏筆吧。

大膽埋設伏筆的訣竅有二：一是盡情放手去埋設，二是「堆砌」線索。不要只是單純的埋設線索，重要的是，要在這個線索中加入某些要素或巧合，使其看起來具有其他意圖，或讓人完全搞不懂其含意，並留下「懸念」。當你這麼做的同時也是在建構「謎團」。

只要留給讀者「哪裡不太對」的感觸即可。並非每個人讀懸疑推理小說，都會以破解謎底為目標，而且如果故事夠有趣，讀者就會想知道接下發生什麼事，而不會在同一幕場景駐足過久。

謎團不能只是謎團，還要打造出充滿魅力的伏筆，並將這些伏筆一個又一個地堆砌起來，就能從旁輔助，使這個故事更穩固，這麼一來，牽強而不自然的狀況，就必定會得到昇華。

想要穩固而優美地支撐起一部懸疑推理小說的話，就需要堆砌出這樣的伏筆。

第六章 名偵探集合所有人說「接下來」

設立謎團，埋下細膩而周全的伏筆後，就來到最後一道工程——終於要進入破案篇了。

我過去曾看過這樣的應徵稿件——到了決勝關頭，名偵探才突然登場，直接指出犯人是誰，卻沒給出像樣的推理，說完拂袖而去。如此劇情發展實在令我瞠目結舌。其實到故事到中途都還挺有意思的，令人滿心期待地想：「不知道最後要如何解決？」但期待愈高，失望愈大。

◆結尾好，一切都好

無論謎團再有魅力，伏筆再漂亮，如果破案方式不合邏輯、不講道理，就會破壞讀者對這部作品的印象。

反過來說，正如莎士比亞的名言：「結尾好，一切都好」，收尾若處理的十分精緻，讀者自然會對作品留下好印象。

光有破案篇是無法變成一部懸疑推理小說的。寫作時，腦中必須無時不刻想著謎團、伏筆，以及「該如何破案」。否則，就會出現被棄置的伏筆，或看起來像伏筆最終卻不知所以的「莫名事物」，讀者也會疑惑那究竟是什麼，而有一種被作者吊著胃口不管不顧的感覺。伏筆往往難以被記住，然而，這種時候卻又特別容易記得，因此十分棘手。

有伏筆卻沒有回收——雖然沒有被回收的話，就不算伏筆了——會給人很差的感受，因此必須竭力避免。只不過，有一種做法就是「刻意留下謎團」，如果使用得當，反而能提供讀者別有一番樂趣的讀書體驗。

再怎麼優異的謎團，沒有被破解就不具存在價值，如果沒有在破案篇中讓讀者心服口服，謎團就會變得毫無意義。

如果讀者的感受是：「雖然看不太懂，但總之就是做了各式各樣的說明後，犯人自白，書上寫著『破案了』，所以應該是破案了吧。」那麼讀者心中的懸念就無法得到宣洩，甚至可能轉為憤怒。

我的建議是，最初先製作出一定程度的故事設計圖，再開始書寫。不用做到繪製圖表的程度，只要有類似伏筆和回收的對應表即可。用備忘錄的方式，在紙上一項一項寫下來，每當自己埋下伏筆或回收伏筆後，就用紅筆劃掉。

我們也可以反過來，用備忘錄的方式讀書。雖然記憶還留在腦中某處，但一定會產生遺漏，或在關鍵時刻忘記。讀完全書後，一邊重新檢視自己寫下的備忘錄，一邊重讀破案篇，這樣一定能提升你的寫作能力。

◆破案的人是誰？

以上的訓練就交由你自己進行，這裡我想從一個不太一樣的觀點來思考破案篇。

大家往往不會特別去思考，但我認為破案篇最重要的其實是：「是誰以什麼樣的風格破案」。這裡不是在說是「警察」還是「偵探」之類的問題。那種身分設定只要搭配故事情節加以變換即可，更進一步來說，甚至可以依照個人喜好決定，只要不過分自以為是即可。破案篇是懸疑推理小說的劇情高潮、最大看點，因此能使用自己寫得最起勁的設定，自然是再好不過。

破案的偵探中，也有完全不進行搜查的人，俗稱「安樂椅偵探」（armchair detectives）。

艾瑪．奧希茲（Emma Orczy）的**《角落裡的老人事件簿》**被認為是這類型小說的先驅。故事講述一名總是坐在「ＡＢＣ咖啡館」一隅的老人，他會對一名擔任記者的咖啡廳常客，針對引發社會輿論的事件，談論自己的推理。

又或者，因為住院等原因而無法行動，但能在床上聽取事件概要，並進行推理，這種又稱為「臥床偵探」（bed detective）。

這類小說包括：約瑟芬．鐵伊（Josephine Tey）的**《時間的女兒》**，講述主角僅僅透過史料來推理真實存在於十五世紀的英格蘭國王查理三世之「冤案」；**《成吉思汗的祕密》**（暫譯，原書名：成吉思汗の秘密，高木彬光），講述住院中的名偵探神津恭介，對「源義經等於成吉思汗」的說法進行驗證；**《被隱藏的帝王——天智天皇暗殺事件》**（暫譯，原書名：隠された帝—天智天皇暗殺事件，井澤元彥），講述主角追查「大化革新核心人物的天智天皇遭其弟天武天皇暗殺」之假說。這類型的小說似乎與歷史推理十分合拍。

此類作品，推理的場所不限，「光聽對方說話，就能當場構建出邏輯推演，並揭開真相」，一般被稱為「安樂椅偵探類」的懸疑推理小說。

其中，最有名的應屬哈利．柯美曼（Harry Kemelman）的〈九英里的步行〉（暫譯，原篇名：The Nine Mile Walk，收錄於**《九英里的步行》**）。這個故事是單就「走九英里的路並不容易，若是在雨中行走又更不容易了」（日文版為永井淳譯）這句話展開推理，並推導出某個結論。其推理並非只是「從這裡距離九英里的話，應該是〇〇街吧」或「因為下雨而走得很吃力，表示他行李應該很多吧」這種程度而已，而是觸碰到更不可置信的事情真相。透過一步步周詳地推敲，能抵達多遠的境界，這個作品給了我們一個範本。

也許是因為安樂椅偵探的設定，總能激發創作者的創作欲，所以不少作家都寫過許多相關的短篇小說，例如：阿嘉莎．克莉絲蒂有瑪波小姐首次登場的**《十三個難題》**；以撒．艾西莫夫（Isaac Asimov）有**「黑寡婦」系列**（The Black Widowers）；都筑道夫有**「退休刑警」系列**，其中偵探角色變化多端，有侍者、有退休的刑警等等。

◆首先，全體集合！

最正統且「約定俗成」的破案篇開場，是由警察或偵探的角色，如「全體集合」般，將關係者聚集一堂，以「接下來」為發語詞，開始娓娓道出自己的推理。

一直以來，這一幕總是能讓偵探小說迷為之興奮不已。一方面，他們會雀躍於「破案篇總算要開始了」，另一方面，關係者聚集的場所往往是事發現場，並且會在這個場所進行現場驗證。更重要的是，故事中不可能出現雖然破案了卻找不到犯人的狀況。

不僅如此，此時還能描寫關係者在聆聽解說時的模樣，藉此表現出他們的心理狀態。不過，一開始愈明顯坐立難安的人，愈不可能是真凶，關於這一點，只要多讀過幾本懸疑推理小說，自然會了然於心。

有些作品還會利用文字看不見每個人面孔的特性，在指認出犯人之前的場面中，加入一些玩心，如：

「哪可能有這種事！」**犯人**說。

在破案的場景中，調查者召集相關係人員後，再細心地收回作為線索的伏筆，並慢慢縮小嫌疑犯的範圍。而在指認犯人時，必須在毫無疑慮的情況下，指出其中一個人。不管對方再怎麼裝傻、再怎麼搪塞、再怎麼耍賴，也會用證據和邏輯把犯人駁得體無完膚，使他啞口無言。

鎖定犯人的方法中，最簡單明瞭的就是，證明「只有那個人能犯案」。只要證明在有限的嫌疑犯中，在時間上、空間上有可能犯案的只有他一個人即可。

只要在犯案時間有確切的不在場證明，那就不是犯人；若只有一個人沒有不在場證明話，那他就是犯人。只不過，立刻就縮減到一人的話，故事就太無趣了，所以懸疑推理小說總會用盡各種方法，讓不在場證明一而再、再而三地反轉，或誤認犯案的時間、場所。

死亡時間是從屍體的狀態、損傷的情況來推定，而保存狀態會受到氣溫等因素影響。透過環境的操弄，例如利用空調或冷藏庫，又或浸在水中，讓驗屍時錯估時間，並在那段時間內製造出不在場證明。

只不過，如果把每個登場人物的時間表拿出來，一一詳細說明每個人的行蹤的話，會讓讀者愈讀愈沒耐性，所以必須在程度上有所斟酌。最好能用簡潔的方式處理，比方說，只鎖定幾個主要嫌疑犯的不在場證明，或讓真凶執意把不在場證明當作擋箭牌，並推翻其不在場證明。

提到不在場證明類的懸疑推理小說，其中的經典名作非**《黑色行李箱》**（暫譯，原書名：黒いトランク，鮎川哲也）莫屬。這部作品一邊將焦點放在「黑色行李箱」的動向這個簡單的謎團上，一邊建立起銅牆鐵壁般的不在場證明，最後又設法摧毀這道銅牆鐵壁。雖然是一貫地講述關於不在場證明的破解，但是每當有新證據、新的人際關係揭露時，推理就一而再再而三地反轉，讓讀者怎麼讀也讀不厭。原以為是什麼複雜詭異的不在場證明詭計，最後一旦突破盲點，便回歸到非常簡單手法。如今它發展出了一個獨立的類別，名為「旅行懸疑推理小說」，這類作品會實際呈現出交通工具時刻表，此類別最早可說是由此而來的。

如果還想知道更多關於不在場證明的作品，推薦閱讀**《魔鏡》**（有栖川有栖）。這部作品不僅主題也是破解不在場證明，以及追蹤某物動向，因此稱得上是現代版的《黑色行李箱》，而且作品中還有名為〈不在場證明講義〉的章回，分門別類地解說各種不在場證明。該書並沒有寫出具體作品名稱——文庫版則是在後記中，有為想知道的人標明——因此不用擔心在正文中被劇透。

到此為止介紹的破案方法，可說是自外層護城河開始向內填平，將嫌疑犯一個個慢慢刪除，最終鎖定在某個人身上。這是最正統的經典寫法。

◆只有犯人才知道

與此相反的另一種方法是，一步到位地揪出犯人，也就是利用「只有犯人才知道的事實」。比方說，新聞報導中，完全沒有提及屍體發現的地點，而且還是特殊狀況——在廢棄房屋內裝滿水的浴缸中，穿著無尾禮服死亡等等——如果知道這個內幕的話，就表示該人物一定是犯人。據說，實際的犯罪搜查中，為了確認密告或招供的真偽，有時也會故意隱藏某些資訊，不讓新聞播報。

許多作品使用了這種「只有犯人才知道的事實」當作鎖定犯人的要素。要以什麼作為鎖定的關鍵，正是創作者各顯神通之處，不過，唯有不拖泥帶水，才能讓犯人無法反駁地一擊斃命，同時帶給讀者巨大的宣洩與爽快感。

還有一種相反版本的方法，那就是以「只有犯人不知道的事實」作為決勝關鍵。犯罪進行的時候，「只要是登場人物任誰都知道」的小事件，卻只有一個人不知道，那就代表「他為了犯案去了其他地方，所以無法得知該事件」，因此可成為鎖定犯人的根據。

指認犯人的步驟千變萬化，先透過合乎邏輯的線索積累來縮小嫌疑犯的範圍，最後使出鎖定犯人作為致命一擊，就能變成一套組合拳，這樣的形式較為多見。若只用了偏頗的要素，就無法將犯人縮小範圍到一個人，又或者推理過程會顯得過於牽強，但將兩者巧妙搭配的話，便能毫不刻意而又合乎邏輯地呈現出一條通往破案的道路。

◆如何看起來更有邏輯

既然要做，就要做到最好，所以要以「更合乎邏輯」的破案來讓讀者折服。相同的邏輯，透過不同的展示方式，就有可能帶來更加細緻而精密的感覺。

艾勒里．昆恩的作品經常被認為十分具有邏輯性，而阿嘉莎．克莉絲蒂的作品則很少因其邏輯性而被吹捧。在破案篇的推理過程中，克莉絲蒂的作品也是充分符合邏輯的，絕非缺乏邏輯組織。兩者之間的印象落差，究竟從何而來？學生時代，Mystery研的前輩曾給了我一個十分簡明的解釋。

「昆恩和克莉絲蒂在破案的邏輯性上，不分高下。昆恩被認為十分具有邏輯的原因是，他會在十種可能性中，刪除九個，最後指出真相。讀者看起來就像是，將其他所有可能性一一排除後，得到了唯一的真相。」

畢竟真相只有一個，一蹴可幾地到達真相，跟一邊排除各種可能性一邊步步迫近真相，對於破案本身並沒有差別，但讀者的感受卻大大不同。而且，就算舉出十種可能性，其實也不代表這樣就已經把所有可能性都驗證過了。實情說不定是，明明有一百種可能性，卻只從中挑出十種來驗證。即使如此，從十種縮小到一種的寫法，還是會讓人覺得既符合邏輯又細膩縝密。

在破案中，階段性地呈現出假謎底作為替代，再將其一一排除——若想讓讀者覺得你在邏輯架構上十分突出的話，那麼這就會是很有效的寫作方式。

這些破案過程是否突出，端看你有沒有處理好所有的伏筆。當讀者讀到你在推理過程中所提出的線索時，他們的想法究竟是「有嗎？」還是「這麼一說，確實有那一幕。」這兩者的不同將大大左右讀者的接受度。

正如上一章所言，讀者不可能記住所有伏筆。在破案篇必須留意的是，要「讓讀者想起」伏筆。就算不記得，只要以某種形式對那一幕留下了印象，或許就能喚起記憶。所謂的讓讀者對那一幕留下印象，當然是為了讓讀者記住，但同時也是為了「讓讀者憶起」。

◆「察覺」的快感

也有一些作品是將文字很難表達清楚的物理詭計，透過插圖來解說。所謂物理詭計是指，利用「物理手法」達成的犯罪行為，比方說「用針和線製造出密室」，這樣說應該就很容易理解了吧。然而，「用針和線製造出密室」是知道了，但具體如何執行就很難透過文字說明清楚。這時候如果有插圖，就會一目瞭然。正所謂百聞不如一見。

不過，必須注意的是，讀者有時會劈哩啪啦地將書快速翻過一遍，此時就有可能不小心看到。如果是乍看一眼無法理解是什麼的插圖，那還無妨；如果是一眼便能理解是什麼的插圖，就有可能讓人陷入提前被劇透的慘劇。

當然，最好是能全部用文字表達，我們首先要以此為目標，但有些謎底偏偏就是只要有一副圖放在眼前，說服力便能大大提升。

此處想介紹的具體例子，並非小說，而是名為**《寂寞拍賣師》**（La migliore offerta）的電影。這是曾執導過《新天堂樂園》（Nuovo Cinema Paradiso）的朱賽貝．托納多雷（Giuseppe Tornatore）導演的作品，全劇隱藏著各式各樣的謎團，在揭開其中一項最大秘密的劇情高潮處，畫面中秀出一幅令人印象深刻的畫，看到這幅畫的瞬間就能讓人明白是怎麼回事。雖然也能用文字說明，但必定需要花上幾行文字，而變得十分冗餘。這部電影真的只用了一剎那，就傳達出了所有資訊。

觀劇者也會如同劇中人物般，瞬間領悟一切，因而在腦海中留下非常鮮明的印象。這同時給了觀眾「不是別人告訴我的，而是我自行理解的」的選擇，因此又更令人印象深刻。

你是否也有過以下經驗：解開了困難的益智遊戲，或在電玩遊戲中破解了地下城的機關時，不禁想說：「我真是天才」。一個作品如果能夠給人這種靈光乍現之快感，就會長久刻印在他們的腦海中。

克里斯多福·諾蘭（Christopher Nolan）導演的**《頂尖對決》**（The Prestige），也是非靠影像呈現不可的例子之一。

關於某個伏筆，最初只是若無其事地出現在畫面中，最後再度播出該畫面時，會讓人忍不住拍大腿說：「那個原來是這麼一回事啊！」

《頂尖對決》是改編自小說**《奇術師》**（克里斯多夫·裴斯特〔Christopher Priest〕），故事大綱相同，途中卻呈現出完全不同的情節發展。或許是受限於電影必須在一定時間內結束，也或許是電影和小說想呈現給觀眾的首要面向不同。從這個觀點來比較這兩部作品，或許會十分有趣。

◆什麼是只有文字才能辦到的事？

雖然前面所說的彷彿都在暗示「文字不如影像」，但並非如此。反之，也有些東西則是只能透過文字來表達。

那就是「讓人看見」那些「看不見的東西」。

舉例來說，我們可以用影像傳達「下雨」。只要播出正在下著雨的模樣，觀眾就會想說：「啊，原來正在下著雨。」然而，「沒有下雨」卻很難光靠影像來傳達。光是播放出天氣晴朗的一幕，恐怕很少有人會立刻將這一幕的意義解讀為「沒有下雨」。

文字表達的優勢就在於此，我們可以自由自在地創造出一個人腦內浮出的屬於這個人的獨特影像。

能讓我們充分感受到文字特有力量的例子，我所想到的是，麻耶雄嵩的《鴉》。因為知道了某個事實，而一改過去腦中所看到的景象，瞬間掌握了真相。那是非常漂亮的破案。

有些情景是自己絕對無法看到的，但有些人能透過文字和想像力，將原本看不到的風景描繪出來。當然影像並非完全辦不到，這一點或許還滿掃興的。

透過這樣的例子可以知道，在破案篇中，仔細而簡單明瞭的解說固然重要，但更重要的是，要讓讀者可以「主動理解」。

如果是從一說明到十，讀者即使沒有真正理解，也變得「自以為理解」，這時候其實很難留下深刻印象。

利用不同的筆觸，則有可能讓讀者在看到偵探解說前，就先恍然大悟、發現真相，這時候讀者留下的印象才會更持久。雖然只是小小的不同，但這種「察覺」的快感是不容小覷的。

有些讀者或許會因此自誇：「我早就察覺到真相了」，但我們無須在意這種評論。

你反而應該抬頭挺胸地說：「那是因為我故意要讓讀者發現的。」想要刻意製造出「讓讀者早一瞬間察覺」的狀況，有多麼不易，只要你實際嘗試過就會知道。

◆畫輔助線

那麼，到底要如何讓讀者、讓作品中的偵探「察覺真相」呢？

每當我思考這個問題時，都會想起某位作家的一句話：

——那就是要巧妙地畫出輔助線啊。

聽到這句話，是我第一次和那位同時在私小說領域也頗有名氣的懸疑推理小說作家，面對面把酒言歡的時候。平常他不會把自己的創作理論掛在嘴邊，但那天可能是黃湯下肚，憑著幾分醉意，劈頭就問我：

「你覺得寫小說最重要的是什麼？」

對方把我問得不知所措。

正當我腦中一片空白，甚至不知該如何反應的時候，他緩緩說出的就是先前的那句話。

光有好的主題或題材，無法寫出一部小說。想要簡單明瞭且有效地帶出主題，就需要靠「輔助線」幫忙。

他說：「我們在做幾何的證明題時，不是只要一畫出輔助線，瞬間就能知道答案嗎？小說中也需要像那樣子的輔助線。」

輔助線愈是簡單俐落，小說就愈出色。這就是他的創作理論。

一位私小說作家的代表性人物，在寫小說時竟然是這樣想的，這讓我既驚訝又感動，而這樣的寫作態度，也能直接套用在懸疑推理小說的破案篇中。

已經得到了某個線索，後來在某種契機下，對此線索產生了不一樣的看法和詮釋，於是理解了它的真正含意，並看見事情的全貌。

田村正和主演的**《古畑任三郎》**系列日劇（三谷幸喜編劇，中譯片名另有《紳士刑警》），應該是許多人熟知的影視作品。古畑突然了悟事件真相的契機，大多數都是來自西村雅彥飾演的部下金泉慎太郎與事件毫無關聯的言行舉止。原本想破頭了也想不出的答案，只因一道意料之外的靈光，就瞬間照亮通往真相的大道。

第二章所舉出的《占星術殺人事件》也是一個非常巧妙地畫出輔助線的範例。一個與事件毫無關係的詭計，給了偵探御手洗潔通往真相的啟示；事後回頭來看，才會發現它是多麼昭然若揭地暗示著真相。

在即將進入破案篇前，巧妙地畫出這種輔助線，能給予偵探靈光乍現的瞬間，也能給予讀者早一步察覺真相的機會。讀者能否善用這個機會，得看他們自己有沒有好好把握，不過，就算讀者當下沒有察覺，只要事後能回想起這一幕，並覺得：「那真是個巧妙的提示」，就已能令創作者心滿意足了。

◆尋找答案也是樂趣之一

還有一些作品是為了將這種「察覺」的喜悅推向極致，而刻意留下謎團。

在**《出版禁止》**（長江俊和）的作品中，刻意留下了幾項「手法」沒有解說，而在編劇與導演同為長江俊和的影像作品**「放送禁止」系列**中，則是幾乎每個謎團都沒解開，故事就結束了。最後只有播放幾個提示片段，並打出「你能夠看見真相嗎？」的問句，而沒有詳細的解說。作品的本意就是要讓觀眾自行思考。在反覆觀看影片的過程中，真相有如天啟降臨的那一瞬間，會令人產生極大的快感，甚至可以切身感受到原來這就是所謂的「腦內天然鴉片」。

覺得自己不可能透過一己之力看懂的人，也不必擔心。當今這個時代，只要上網搜尋，就能找到無數的相關推理網站，要找出真相並不困難。即使無法透過一己之力找到答案，過程經歷過愈多苦思苦想與窒礙難行，最終得到的答案就會在心中留下愈深刻的印象。

歷經苦思苦想仍無法解開的問題，在看到解答時的接受度更高，也更能完全吸收。

關於這種「上網找攻略」，因推出了知名RPG作品而聞名的某遊戲開發者，曾說過一番有趣的論述。他是在系列作品第七部推出時說的，雖然確切的說法我已不復記憶，簡言之就是面對別人問：「現在只要一上網就能找到推進遊戲的攻略，關於這一點你是怎麼想的？」他回答的大意如下：「只要看成是他們冒險的一部分就好了。」

我至今仍清楚記得當初讀到那段話時恍然大悟的感覺。無論任何事，若一開始就不勞而獲，我們便不會珍惜，要自己付出了勞力去獲得，才有意義。經過四處搜尋才找到的「破案」，跟透過一己之力解開的謎底，一定能帶給人相同的成就感。這也是一種冒險方式，也是娛樂的一部分。

◆沒破案的故事所帶來的餘韻

另外還有一類作品，與前述的都不同，它們「不給出答案」，「將結果交由讀者判斷」，這種作品稱為「謎語故事」（riddle story）。

《出版禁止》及「放送禁止」系列等先前所舉的作品，只是「沒寫出」真相、「沒播放出」真相而已，創作者心中有預備好的答案，只要細心找出伏筆便能解開。但謎語故事不然，無論再怎麼細心閱讀，也推導不出唯一的答案，而且說不定連創作者自己心中都沒有給出答案。

這類謎語故事，最有名的應該屬**〈美女還是老虎〉**（暫譯，原篇名：The Lady, or the Tiger?，法蘭克．R．史達柯頓〔Frank R.Stockton〕）。

公主與一個身分懸殊的青年墜入情網，此事觸怒國王，因而下令處罰那名青年。處罰的方式是，將青年放在競技場中，要求他在左右兩扇門之間選擇一扇打開，一扇門背後藏著的是一頭老虎，另一扇門背後藏著的是一名美女。若選擇了通往老虎的門，下場就是被咬死；選到通往美女的門，則能無罪赦免，當場釋放，並與那名美女結為連理。

公主千方百計想要幫助青年，提前打聽到了門後內幕。來到告知青年內幕的時候，她突然感到妒火中燒，而陷入兩難。她無法眼睜睜看著青年命喪虎口，也無法親眼看著他娶自己以外的人為妻。

最後，公主指向其中一扇門，故事在青年打開門之前戛然而止，連他是否打開了公主所指的那扇門都不確定。

門打開後，是天堂還是地獄？檯面下有著各種各樣內心拉扯，作者雖然寫出了相關角色們的心理糾葛，卻沒寫出結局，而是交由讀者自行想像。

柯頓也許是在寫出這部作品後，不停被周圍的人逼問著：「那個故事結局到底是什麼」，而在後來又寫了一篇外傳〈**猶豫的勸阻者**〉（暫譯，原篇名：The Discourager of Hesitancy）。故事確實很有趣，但畢竟只是外傳。老實說，會覺得：「作者還挺會閃避問題的」。

有其他作者寫過一篇名為〈**美女和老虎**〉（暫譯，原篇名：The Lady and the Tiger，傑克．墨菲特〔Jack Moffitt〕）的小說，這篇作品則給出了明確的結局，而且是「非常巧妙的答案」。讀畢後，若再回頭來看標題，你應該會產生一種「恍然大悟」的二次折服感。

另外還有一個著名的謎語故事，是克里夫蘭．莫菲特（Cleveland Moffett）的〈**神秘卡牌**〉（暫譯，原篇名：The Mysterious Card）。

故事講述一名男性被一個素昧平生的女性託付了一張卡牌。卡牌上寫著一串文字，也許是法文，主人翁實在看不懂。他想請別人幫他翻譯，而把卡牌拿給旅館的人、家人、信賴的朋友看，但每個人都在看到的瞬間態度驟變，一陣咒罵後遠離主人翁。正當他感到丈二金剛摸不著頭腦時，又看見了那個把牌託付給自己的女性，為了解開牌卡的謎團，他追了上去。而牌卡上又究竟寫著什麼呢？

和柯頓一樣，莫菲特後來也寫了一部續作，名為〈**掀開的神祕卡牌**〉（暫譯，原篇名：The Mysterious Card Unveiled）。

有趣的是，為〈神祕卡牌〉給出一個出色答案的，仍然是其他作者，那就是愛德華・D・霍克（Edward D. Hoch）的小說**〈神秘卡牌事件〉**（暫譯，原篇名：The Spy and the Mysterious Card）。這篇小說可以在《山口雅也的正宗懸疑推理小說精選輯》（暫譯，原書名：山口雅也の本格ミステリ・アンソロジー）一書中讀到。

從〈美女還是老虎〉到〈掀開的神祕卡牌〉，這些作品都被編入**《神秘物語》**（暫譯，原書名：謎の物語，紀田順一郎編）一書中，而且還囊括了其他各式各樣的謎語故事，是一本高CP值的出色選集。

對我個人而言，謎語故事的顛峰之作，是史丹利・艾林（Stanley Ellin）的**〈決斷時刻〉**（暫譯，原篇名：The Moment of Decision，收錄於《本店招牌菜》〔暫譯，原書名：*The Specialty of the House*〕），正如其標題，主人翁在故事最後會迎來一個決斷時刻：如果做出了錯誤判斷，會招致毀滅；如果選對了道路，就能將自己煩惱的問題一口氣解決。

想當然耳，故事在做出決斷前結束。全篇故事至此，層層描述出角色間的交談，可供讀者做出各式各樣的深入思考，只要將重點擺在對方言行舉止的不同之處，整體的真偽明暗就會跟著改變。一切事物環環相扣，需要做出多層次的判斷，然而過了時間限制，就難逃毀滅一途，決斷時刻迫在眉睫！

艾林是聞名遐邇的短篇小說名家，在他的所有作品中，這篇可說是翹楚中的翹楚。閱讀過程中，你一定會跟主人翁感同身受，體驗倒抽一口氣的屏息瞬間。

像這樣思考破案的種種，就會覺得破案已不再只是「警察或偵探」的事，而是已經讓「讀者」也沉浸其中。

現實中也有這樣的節目：他們先單獨播放問題篇，並徵求觀眾的答案，過一段時日後才播出破案篇。這樣的播出方式大受歡迎，還發展出系列作品。

解謎最初始於 Whodunit，後來逐漸開始追求新的可能，以及更上一層樓的樂趣，因而拓展出 Howdunit、Whydunit、敘述性詭計等等。同理，或許破案也會慢慢開始追求新的可能，從「作品中完結型」到「讀者互動型」的小說，我們看到了愈來愈多元的表現形式。

第七章　複雜的故事適合寫成長篇小說嗎？

到目前為止，我已經從謎團的提出到破案，全部介紹了一輪。本章開始將會針對個別主題，以更具體的題目進行深入探討。

懸疑推理小說的新人獎，多數徵求的是長篇小說，但也有少數徵求的是短篇小說。如果把適合長篇小說的主題，硬是刪減成短篇，或者在短篇題材中灌水，擴充成長篇小說的話，就會平白無故糟蹋了原本的好靈感。

自己思考出的謎團、破案和故事劇情，適合寫成短篇小說，還是長篇小說？在判斷這個問題時，我們該以什麼為標準？

◆別相信新人獎的寫作指南！

進入正題前，有一件事我想先強調一下。坊間關於新人獎的寫作指南（how to）中，似乎會「指導」應徵者「要寫到上限頁數的九成以上」，但這是沒有必要的事，這一點我一定要在一開始跟大家說清楚。

只要不超過徵稿須知中載明的份量，評審就不會單純以長短來決定是否入選。多半反倒是「頁數遠多過實際內容」或「頁數太少，塞入的內容過多」的情況，才會成為評審扣分之處。

筆者過去曾參與過「新潮懸疑推理俱樂部獎」的內部工作，這個獎項的頁數上限，以四百字稿紙換算的話，等於一千頁。當時的投稿，八成以上的作品是九百至一千頁，七百頁都算短；四、五百頁以內的作品，近乎於零。

那個年代接二連三出版了許多分成上、下兩冊的厚本書，而且還十分暢銷。雖說市場上對長篇作品的需求旺盛，但所有人都不約而同地寫出九百頁以上的小說，實在不尋常，且其中多數令人感到「沒必要寫那麼長」。看來大家只是遵從「必須寫到上限頁數的九成以上」的「指導」而已，結果反而讓作品顯得冗贅。

後來，當「新潮懸疑推理俱樂部獎」終止，開辦名為「恐怖懸疑大獎」的新人獎時，我們吸取過往的教訓,將投稿頁數的下限保留在兩百五十頁,而不設置上限頁數。

於是,四、五百頁左右的投稿作品成為大宗,過去那種一千頁等級的作品突然間消失無蹤。不過,我們也因此收到過長達三千頁的投稿,那篇作品還真是把我們給打敗了。

設定下限為兩百五十頁是有意義的,因為這是能夠以「長篇小說」名義出版的最少頁數。換言之,這也是我們判斷創作者能否將自己的構想,組織成一篇長篇小說的方式。

你若問:未設上限的話,是否愛寫多長,就寫多長?當然不是。長篇小說寫得愈長,書本厚度就愈厚,甚至得分成好幾冊。這時讀者要閱讀,就必須付出更多時間和金錢。只要站在消費者的立場思考就會明白:你會為一個不知名的作家,不假思索地買下又厚又貴的書嗎?

陳列在書店裡的單行本,大多是三百頁左右,換算成四百字稿紙,就是四百至六百張左右。(在日本出版界中,這種「四百字稿紙換算」仍是現行的計算標準之一,雜誌等圖書也是根據這種張數的換算來支付稿費。)

這種厚度的書,對於有習慣閱讀的人來說,是「能一口氣讀完的極限」,而且是以無時間限制為前提,像是在休假日閱讀而沒有時間顧慮,或閱讀時已抱定主意要通宵達旦。如果是當作通勤時打發時間的良伴,或睡前小讀片刻的讀物,那麼讀完一部長篇小說所需的天數,也是相當可觀。

◆ 某作家意料之外的一句話

這個「能一口氣讀完的極限」，對於我們在思考該寫成長篇還是短篇時，其實有著重大意義。因為短篇是以讀者一口氣讀完為前提，而長篇則是認定讀者不見得能一口氣讀完。

某位作家曾跟我分享過一個有趣的說法。在眾人眼中，他是一個經常將情節寫得十分複雜的作家，而我本身對他的認知也是如此。但他卻說：

「長篇小說裡寫不了複雜的故事和詭計。」

這句話與其作品是有所出入的，因此我追問：「怎麼說？」

「因為長篇小說需要花一段時間閱讀，讀者常常會忘掉自己看過的伏筆，我也覺得伏筆就是會被忘掉的東西。如果劇情盤根錯節，讀者隔一段時間再翻開書時，就容易想不起來前面到底講了什麼，於是讀到一半就會放棄閱讀。」因此，「我在寫長篇小說時，都會提醒自己故事要盡量單純。」

反之，「短篇小說，讀者大多是一口氣讀完，不用擔心讀者會忘記伏筆和劇情，因此寫得稍微複雜一點，讀者既能跟上，也能理解。」

聽完，我猶如醍醐灌頂，心想：「原來如此，我從來都沒想過這問題。」不過，關於這樣的說法，仍有一些需要附註的地方。

站在讀者的角度來看，這位作家寫出的作品，並非如作家自身所說的，只是「單純的故事」，而是好幾條故事線同時進行，故事與故事層層交錯。那麼，作家這麼說是出於謙遜嗎？那也未必。我個人認為是「易懂程度」的問題。

◆與其追求格局大，不如追求內涵深

回顧新人獎的審閱筆記時，其中一項經常被記錄下來的感想就是：「故事沒有變化」。也就是說，故事從頭到尾都是一直線進行，感受不到劇情的高低起伏。說得不客氣一點，就是既單調又乏味。

要將一個以單一故事線敘述的單一謎團寫成長篇小說，讓讀者從頭到尾讀完而不感到厭煩，可不是一件簡單的事，需要有相當的巧思。一個發生在封閉空間中且出場人數有限的故事，光靠這樣的單一情境，很難撐起一部長篇小說。所以，可能每個人各自有各自的隱情，也可能會與外界有接觸，也可能會倒敘過去的故事，有時還會穿插貌似犯人的「謎樣人物」的獨角戲（monolog），讓讀者的閱讀體驗能夠產生變化。透過這樣的觀察角度，重新閱讀長篇小說時，你會發現原本你以為的「一個」故事，其實其中也有好幾條故事線在進行。

此外，即使主要謎團只有一個，也要在周圍安插幾個小謎團當作陪襯的枝葉，形成多個謎團烘托主幹的結構。無論是故事或謎團，都不能只是一條路通到底。讀起來能「聚精會神一鼓作氣看完」的作品，往往會讓人以為是單一故事線的結構，但事實絕非如此。

另一方面，也有許多長篇小說的結構是，以雙主線、三主線等多條故事線同時進行，最後多個故事合流。這種結構就像是神社常見的「注連繩[7]」。注連繩是由多條草繩或麻繩，扭合成一條粗大的繩子。每條個別的繩線，可看作是不同的故事線。每一根繩線都是完整存在的，所以即使被扭擰，個別的繩線也不會失去它們自身的連續性，但彼此又共同組成一條更粗大而完整的繩索，換言之，就是達到了組成長篇小說的功能。

伊坂幸太郎有一部名為《**Lush Life**》的作品，這是由四條大的故事線所組成的一部群戲（ensemble cast）。換句話說，這部小說就像是由四條繩線扭合而成的注連繩。

看似毫無關連的四個故事，以順敘法一點一點展開，由於每個故事都十分具有特色，並以完全不同的風格描述，因此即使切換到另一個故事，也不會造成混亂，使讀者能順暢地閱讀下去。四條故事線到最後幻化成一幅巨大的錯覺畫。

讀完一遍，了解整體結構後再重新閱讀的話，就一定會對場景切換之巧妙讚嘆不已。不妨將這部小說當作群戲和場景切換的一個範本來閱讀。

換言之，適合長篇小說的結構是，從遠處來看是一條巨大的繩索，但靠近一看，又能看出其中細枝末節的枝葉，因為有一條巨大的故事線，所以耗費時日閱讀，也能輕鬆進入狀況，同時因為有不同的插曲和小主題，所以可以怎麼也讀不膩。

必須注意的是，並非所有謎團和故事，都適合這種寫法。比方說，某些題材就是無法衍生出枝葉結構；而且，劇情發展乾淨俐落、結局一擊斃命的故事，能令讀者大呼過癮。倘若創作者非得要擴充故事不可，則千萬要避免喋喋不休地書寫與主線毫無關係的內容，這樣會讓讀者在閱讀完後只覺得白費力氣，並懷疑那些內容究竟有何意義。

如果你的目的是，剪去這樣的枝葉，只專注做出一道主菜，讓讀者享受一記過肩摔般的暢快感，那麼你的故事就比較適合寫成短篇。

或許可以這樣說：長篇小說是以多條故事線的高低起伏為主軸，讓讀者慢慢閱讀的作品。短篇小說則是短時間內速戰速決，讓讀者享受乾淨俐落的閱讀體驗。

❼譯註：用稻草織成的繩子，是一種神道中用於潔淨的咒具。大小相差可以很大，通常與紙垂一起使用。

第二章介紹的擁有「漂亮謎團」的作品，多半為短篇小說，或許就是受到這種特性的影響。這些短篇小說以謎團的衝擊性所帶出的魅力為其最大看點，或許是因為可以一口氣讀完，才更容易在讀者心中留下鮮明的印象。

新人獎的應徵稿件中，有不少作品給人「把短篇題材硬是寫成長篇」的感覺。這些作品絕大多數都是，單一詭計、單一情境、少數登場人物的故事，令我感到非常遺憾，因為根本沒必要寫這麼長，寫成短篇小說明明更有趣。

另外還有一些作品則是，最後的收尾快馬加鞭，前半和後半給人的印象很不搭調。若是指收尾收得很有速度感的「快馬加鞭」，那當然不成問題，但這裡說的「快馬加鞭」是指，破案破得太乾脆，讀者無法從中獲得滿足感。如果有張數上的限制，那就可能是因為創作者想將作品收尾收在限制張數以內，但遇到這種狀況時，寧可是將前半段精簡化，把張數留給後半段；而且究其根本，這表示創作者在張數的掌握上還不夠精準。

下筆之前就必須好好思考，自己想寫的題材或主題是否「難以延展成長篇小說」或「無法在短篇的篇幅內收尾」。此外，若是在下筆之後才察覺的話，那麼你也必須勇敢地修正軌道，因應故事本身的需求寫出恰當的形式，而非對內容進行死板板的矯正塗改。

「勉強套入不適合的形式」不會帶來任何好結果，這個道理你應該早就在各式各樣的情境下體驗過，此處我就不再贅述。

◆不寫過頭

即使事先做了評估，往往也會寫著寫著，份量愈寫愈多。之所以如此，其中一個原因是做了太多解釋說明。在敘述每個人的隱情、背景時，我們常常會不知不覺愈寫愈長。懸疑推理小說是在探討犯罪，犯罪需要動機，所以一定得寫出「為何這麼做？」尤其是以「為何」為主體的whydunit，當動機愈是特殊，就愈有必要讓讀者心服口服，並認為：「既然如此，那他會犯下罪行也不奇怪。」

然而，冗長的解釋說明是沒有意義的。讀者並不會因為作者寫得愈詳細就愈信服。動機令人意外的名作中，也有許多短篇小說。這些作品不見得都用了大量的篇幅來闡述動機。再說，要把所有嫌疑犯的背景都清楚交代一輪的話，恐怕字數再多都不夠用。

一般而言說不通的特殊動機，反而會愈說明愈令人質疑。不只動機，還有登場人物的複雜心理，這些本身就不可能讓所有讀者都毫不懷疑地信服。

所以反過來說，愈是特殊動機，愈不能說明過多。「過猶不及」，敘述太多內在世界，雖然能讓懂的人深深共鳴，但也會讓不懂的人愈來愈不懂，於是他們會一邊想著「我可不這麼認為」，一邊對該作品產生排斥。這樣的話，就會變成一部失敗的 whydunit 作品。

我們有必要留給讀者自行腦補的空間。

透過上帝視角或地之文，從一到十鉅細靡遺地說明，反而會讓讀者難以接受。因為不論你怎麼寫，都一定會有讀者感到「無法信服」。既然如此，不如就刻意不深入探討，創造一個能夠產生移情作用的留白處，讓讀者可以自行腦補那一處留白是怎麼回事。這種「留白處」是好的，是創作者必須為讀者留下的空白。

這樣的概念不僅適用於動機，也適用於小說中的一切。無懈可擊的劇情只會讓讀者變成徹底的旁觀者。令讀者感到自己始終只是個局外人的故事，是無法深深烙印在讀者心中的。

雖然已寫了這麼多，但筆者還有一點必須說明。在懸疑推理小說的創作上，決定要寫成短篇或長篇時，根據劇情的需要來判斷長度，當然是其中一項重點，但除了以創作者的想法為出發點外，讀者的「閱讀方式」也是需要考量的另一大重點。

多數讀者都不是為了學習，在書桌前正襟危坐地閱讀，而是在生活中抽出空閒的時間和金錢，為了興趣而在睡前或通車時閱讀。讓讀者能在這樣的環境中毫不勉強地讀懂，是作為一部娛樂性小說的重要條件。

要求讀者「只要仔細閱讀就看得懂」，既不切實際，也蠻不講理。

若是要以犀利的題材和滿足情緒宣洩為看點的話，那就適合寫成能一口氣讀完的短篇小說；若要透過穩健的故事線、劇情的高低起伏，來烘托出謎團，讓讀者悠閒地沉浸在其中的話，那就適合寫成長篇小說。

這不僅是創作時的守則，也是閱讀時的須知。在閱讀短篇小說時，盡量一口氣讀完，一定會讓你更享受於謎團乾淨俐落的收尾。

◎中場休息

讀書會：連城三紀彥與「逆向的箭頭」
討論書目：〈花虐之賦〉（收錄於《宵待草夜情》）

我人生中第一部連城三紀彥的作品，是大學一年級時閱讀的**《返回川殉情》**（暫譯，原書名：戻り川中心）。《返回川殉情》是以「結合懸疑推理與浪漫愛情」為主打的**「花葬」系列**小說之一。其優美的文筆甚至能讓讀者感覺自己可以親身碰觸到那個時代的空氣，再加上最後的真相顛覆常識，因此閱讀此書有如徜徉在一段目眩神迷的時光中。

那種讀書體驗，已不僅僅是感受到氛圍而已，而是讀者彷彿能用自己皮膚，接觸到自己不曾見過的大正時代（一九二一至一九二六）的潮濕空氣。

若只能舉出一個最喜歡的懸疑推理小說作家，那我會毫不猶豫地說出他的名字。連城三紀彥就是我最熱愛的作家。

為了向更多人介紹他的魅力，在此我想以實際的短篇小說為素材，談談以下這個主題：「嘗試以『這個』角度觀看事物，藉此獲得創造謎團的頭緒」。不過，這部分我想做一個調整，將文風改成讀書會的形式。由於前面聊到的作品內容都很抽象，這裡改以一部特定作品作為具體的討論對象，應該會是不錯的選擇。

題目是談 whydunit 的地方介紹過的〈花虐之賦〉。

這在連城所有的作品中，堪稱數一數二的名著。

因為是讀書會，所以從這裡開始會以「大家都已閱讀過該作品」為前提。

◆故事大綱

大正十二年（一九二三年）二月二十三日，女伶川路鴇子自殺身亡。那天是鴇子所屬的劇團「佳人座」負責人絹川幹藏死後第七七四十九天。鴇子是幹藏招攬進劇團的女伶，相識之初鴇子因為丈夫重病而婉拒入團，最後抵不過幹藏的強行說服。

根據當日目擊者所言，幹藏應該是用剃刀割傷自己後，投河自盡。幹藏和鴇子之間的不倫關係，雖不受世人祝福，但兩人已形同夫妻同居，所以鴇子的死被認為是追隨幹藏而去的「追隨輕生」。

然而，客觀來看，卻一點也找不出幹藏自殺的理由。根據幹藏和鴇子的關係改編而成的戲劇《傀儡有情》演出後大獲好評，偏偏幹藏就是在慶功宴的當晚投河自盡。處於人生巔峰的幹藏，為何選擇了輕生？

小說中第一人稱的「我」是劇團演員，他在《傀儡有情》中飾演的片桐一角，完全等同於戲外的幹藏。而他對幹藏的死，怎麼也無法理解。

兩人的死亡究竟是何種背景下促成？接下來將會談及故事的核心部分，尚未讀過該作的人，強烈建議跳到寫有粗體字「劇透到此為止」（頁一三四）之處。這部傑作的真相絕不該這麼輕易就被暴雷。

（再次提醒，**注意以下將有劇透。**）

「追隨輕生」要成立，就必須有「先死去的人」。沒有可以追隨的背影，就不可能有後繼的死亡。

從時間上來說，關係如下：

第一個死亡　↓　第二個死亡

以「追隨」、「被追隨」來說，則是：

第二個死亡（追隨者）追隨　↓　第一個死亡（被追隨者）

唯有如此「追隨」才能成立。

但如果這兩者順序顛倒的話，會是如何？

從時間上來說，關係如下：

第二個死亡　↓　第一個死亡

這種事一般來說絕不可能發生。追隨活著的人的背影尋死，這種邏輯完全不成立，只能說是單純的「自殺」而已。

但如果某個人的死亡已經是既定事項的話，又會如何？

把這種「預約好的死亡」看成是「只是時機還未成熟，但已經板上釘釘的死亡」的話，即使從時間上來說先一步發生，在心情上是否仍然可以看作是「追隨」？

更進一步來說，若追隨者是在等待未來「板上釘釘的死亡」，那麼他只要搶先一步死去，是不是就能讓「未來的死亡」看起來有如「追隨」自己尋死了？

幹藏和鴇子的死亡，正是這麼回事。

鴇子並未忘記臥病在床的丈夫，而決定在丈夫死後的第一百天追隨他離開人世。這是一般而言的「追隨」。

原本確定發生的事件，應該如下：

鴇子丈夫的死亡 ↓ （一百天後） ↓ 鴇子的死亡（預約好的死亡）

然而，幹藏得知鴇子的決心後，既不能允許此事發生，又無法阻止此事發生，於是他基於對鴇子的愛意，再加上屈辱感與自尊心作祟，他也下定決心要自我了斷。

既然都要自我了斷，那至少要讓世人看起來像是「鴇子追隨自己離開人世」。於是他從鴇子死亡的日子回推，選擇一個自殺的日子，讓預約好的那天看起來像是自己死後的第七七四十九天，賦予其不同的「意義」。

因此，「實際」情況如下：

鴇子的死亡（預約好的死亡） ↓ 幹藏的死亡

幹藏（追隨者） ↓ 鴇子（被追隨者）

但因幹藏死亡之日強行插在鴇子夫婦之間，而變成如下：

鴇子丈夫死亡 ↓ （五十一天） ↓ 幹藏死亡 ↓ （四十九天） ↓ 鴇子死亡（丈夫死後第一百天）

只要隱藏鴇子丈夫死亡的消息，外人看到的「表象」就會完全逆轉。

從時間上來看，變成如下：

幹藏的死亡　↓　（四十九天）　↓　鴇子的死亡

以殉情來看，則變成以下構圖：

鴇子（追隨者）　↓　幹藏（被追隨者）

這真是名副其實的「賭上性命」的大詭計。

「怎麼有人能想出如此詭計？」在為此感到震驚的同時，又不得不對連城既縝密又大膽的才華——而且此時他才三十四歲！——佩服不已，因為唯有如此才能將這種倒錯的心理化為作品。

連城也將伏筆埋得十分細膩。鴇子聽從幹藏的吩咐前去與「我」見面，卻有幾天未遵照約定行事，此事令幹藏顯得不知所措，也令「我」感到困惑；加上提到七七四十九日的法事時，鴇子倉皇失措的模樣也令「我」印象深刻，在此場景中又同時描寫到鴇子上香的違和感，因此讀者更容易留下印象。

再者，幹藏和鴇子在除夕傍晚的爭吵中，出現過以下台詞：

「我要追隨老師離開人世。老師不在，那我活著也沒有意義。」

「那至少要把舞台劇順利演完。等二月份的法事結束……」

這段話展現出了完美的雙重含意，知道真相後，一切都將反轉。

如此脫離常軌的愛恨情仇，之所以能成立，更是仰賴故事的巧妙結構。

首先是序章部分。文中只有用女人、男人、老師來描述，故意讓讀者搞不清誰是誰，並與下一章的〈一〉一同誘導讀者誤解。

在〈一〉中，連城輕輕帶過對時代背景與戲劇界的解說，並透過記述島村抱月和松井須磨子「追隨殉情」的真實事件，不著痕跡地提示讀者：「在這個時代、這種戲劇界中，發生這類的事也不足為奇」。在這一點上，連城鋪陳得十分成功。

大正時代對現代日本人而言，是一個可以想像，但又無法真實感受到、有著距離感的時代設定。利用這樣的時代設定，讓讀者認定「這種事應該也是存在的」，甚至援引真實事件為例證，自然且神不知鬼不覺地灌輸讀者一種特定印象，讓現代難以成立的關係和情感看起來有如「稀鬆平常之事」。需要注意的是，連城在小說正文中，絕對沒有拖泥帶水地「說明」，他並未寫出「這種事放在現代或許很奇怪，但在這個時代絕非罕見」之類的文字。

若要吹毛求疵，這部分的地之文也有以斷定的方式寫出不同於真相的內容，因此真要說的話，也會給人不公平的感覺。只不過，由於「我」在最後才出場，所以也可以將前面那一段解讀為，「我」在知道真相前，為大家所解釋的「兩人流傳在街頭巷尾的故事」。（不過，這部作品的讀者，應該沒幾個人會在意這個部分吧。）

接下來，〈二〉、〈三〉是第三人稱，〈四〉以後則是由「我」成為敘述者，故事隨著這個模式進行下去。

重要的是，在〈二〉和〈三〉兩章中，鴇子和幹藏的內在世界，尤其是鴇子的內心，一直都沒有被徹底描述出來。雖然有描述台詞和行為，但卻從來沒有說明他們的心理。他們的關係也是從外側去描寫「周遭的人怎麼看」。當然，由「我」敘述的部分，就只是「我」的主觀看法而已。

更巧妙的是，其中還有寫到《貞女小菊》等鴇子演出的戲劇的故事大綱，這一點讓作品中現實與虛構的界線變得曖昧模糊。

至於公認根據兩人關係所編撰的《傀儡有情》，也只是坊間流傳這樣的傳聞而已，兩人並未明確說過事實就是如此。而且，在「我」懷疑此事真偽的場面中，一開始是以《傀儡有情》的登場人物名字——彌須子和龍川——來敘述，但不知不覺就代換成了鴇子和絹川。

當「我」問鴇子：「真的發生過這樣的事嗎？」鴇子則是「沒有回答，只是微微祖露左胸給他看」，以展示「那個痕跡」來代替回應，但這既非否定也非肯定，倘若深究，「那個痕跡」是怎麼造成的也沒人知道。

然而，對於沒寫出來的部分，讀者在閱讀時會跟作品中的世人一樣，認定就是如同傳言一般。

將這種狀況化為可能的是，在徹底不描寫內心戲的章節中，讓讀者開始疑惑：「究竟怎麼一回事？」並透過「我」和世人的主觀論述，巧妙地誘導讀者相信某個答案。這種安排實在高明。

如果幹藏和鴇子透過台詞或心聲，說出了真實想法的話，無論內容再怎麼動人，也會讓人覺得有些掃興，有些生硬吧。

這就像是作品單方面塞給讀者的情感，讀者不得不被動接收。

然而，以傳聞的形式來描述，使讀者面對作品時，會產生積極的情緒，並主動思考：「是這樣的嗎？」

當別人將「理解我，理解我」這樣的索求，強加在我們身上時，我們會想保持一定的距離，有時甚至會感到排斥。反之，讀者對作品產生「我想理解，我想理解」的情緒時，則會主動將沒有被寫出來的空白處填滿，在心中製造出可以擴大解釋的空間。

在這部作品中，關係者都已死亡，且未留下任何遺書或遺言。真相如何，誰也無法斷定。最終章提到的關於幹藏的真相，也只不過是「我」所深信的故事而已。

但既然是「我」深信的故事，就表示這是「我」面對幹藏和鴇子的一種「一定是這樣吧」的想法。這並非當事人單方面強加於人的念想，而是他一邊試圖去理解作品中人物的同時，一邊在心中問著：「幹藏先生，是這樣沒錯吧？」這樣的想法是透過了「我」的抽絲剝繭，才傳遞給讀者的，因此讀者自然會將自己的情緒代入「我」，與之遨遊於作品世界中。

當然，連城難得一遇的文采，也是其中一個推手，讓這部作品同時擁有文采，又有技巧非凡的結構。

（劇透到此為止）

連城三紀彥有很多作品的核心概念，都是「讓原本是單向前進的箭頭轉為逆向」。將原本被他轉為逆向的，有些是這種時間線上的「順序」，有些是「用途」上的。將原本會單向運作的時間、思維、用途等等，徹底翻轉，藉此顛覆故事、心理，甚至是價值觀。

〈花虐之賦〉是刻意將「追隨輕生」這個日文中經常聽見，但又沒人會去懷疑其意義或重新思考其含意的詞彙，反過來詮釋，藉此顛覆讀者所看到的世界。

雖然毫無根據，但我總認為，連城三紀彥的心中是不是時常存在著「把大家以為只能單向前進的箭頭逆轉看看」的想法。

由此觀點來看，**〈返回川殉情〉**也是完全相同的結構，他獲得直木獎的**〈情書〉**（收錄於《情書》）也是在講將某種東西的用途逆轉的故事。

這個概念的特徵是，箭頭的反轉是完全相反的，恰恰是一百八十度的逆轉，並藉此讓逆轉的構圖變得更醒目。

當然，純粹只是將箭頭反過來，既無法構成謎團，也不會變成一個故事。但不停思考「要如何讓這種逆向的箭頭成立？」、「要如何讓讀者信服？」、「為何要逆轉箭頭？」這些問題，應該能幫助我們找到創造謎團、動機和劇情的頭緒。

以下舉幾個例子，我們可以用以下方式進行聯想：「守靈」是有人過世後才會做的事，但今天如果有一個人無論如何都想守靈，或者他有某些隱情而不得不守靈的話，那他就需要有一具屍體。若是如此的話，他這麼做的原因是什麼？這麼做能夠將什麼事化為可能？並依此延續思考其他問題。

「圖章」是在承認某件事時用來蓋章的，有了蓋章，就會使某件事不得不成為既定事實，或使那件事必須一步一步化為既定事實。所謂的事實會是什麼事？要讓哪種超乎想像的事變成「既定」？並依此延續思考其他問題。

「剪刀」是裁切物品時使用的工具，但剪刀能不能為了「不裁切」而使用？有沒有什麼事物是，可以用剪刀將被裁切過的東西復原？非物理性的裁切，只是譬喻性的裁切也可以。如果有的話，那會是什麼？在什麼時候？根據什麼情緒而產生？並依此延續思考下去。

反覆做這樣思想實驗，或許有一天就會忽然得到靈光乍現的瞬間，即使沒得到，也有可能因為獲得了不同的看世界角度，而讓原本司空見慣的世界變成充滿靈感的寶庫。只要你能得到這種感受，就算是大有斬獲了。

若能透過這個機緣，讓你拿起連城三紀彥的作品，一本一本看下去，那更是再好不過。

話說回來，「花虐」一詞十分罕見，辭典中也沒有收錄。從「花」和「虐」這兩個字給人的印象及含意來看，大概能感受到這個自創詞想要表達什麼，但從其日文發音「kagyaku」來看，漢字也可以寫成「可逆」。會不會這個故事的主幹，早就以雙關語的形式，潛藏於標題的發音中了？還是，這只是筆者想太多嗎？

第八章　什麼是「有寫出人味」

不只是懸疑推理小說，當我們提到小說時，經常會用到「真實」一詞。例如「動機不真實」或「對鄉下的描寫很真實」等等。

那麼，究竟是什麼才是「真實」？當我們說「很真實」的時候，究竟是指什麼？因為「真實」是現實之意，所以有許多人以為，分毫不差地將現實世界照抄出來，就是「很真實」。

分享一個發生在頗久之前的故事。曾有一個「知識分子」，只因為作品中的登場人物用了「人名用漢字[8]」以外的漢字當作名字，就說：「這部作品不真實，我讀不下去。」聽到此言的我，不經想說：「這人是犯傻了嗎？」

[8] 編註：「人名用漢字」是指二戰後的日本，在戶籍上可登記做為孩子名字的漢字中，不屬於常用漢字的漢字，並於法務省戶籍法施行規則別表第二中說明。

在看到一個小說裡的名字時，「現實」中到底有多少人會去思考，這個名字的漢字有沒有被列在「人名用漢字」裡？按照這個邏輯，當藝名或筆名使用了非人名用漢字的人，是否就是一個「沒有現實感」的存在？話不是這麼說的吧？

以上是比較極端的例子，但不誇張地說，恐怕大眾普遍都有這種「與現實無異＝真實」的想法。但「和現實一樣」與「令人感到真實」，這兩件事看似相近，實則不同。

小說中的「真實」，不代表一定要與現實接軌。我們就先從此處開始思考。

◆現實不等於真實

有時候，反而是「現實」會失去真實感。都說「現實比小說離奇」，只要看看每天的新聞報導就會知道，發生在現實世界裡的事件，往往超乎我們想像。

特別是毫無緣由、純粹只是「想嘗試殺人」的殺人事件，或者出自異常偏見的犯罪意圖等等，若在小說讀到這類犯罪時，我們會想吐槽：「就為了這點小事也太誇張了吧」，卻在現實生活中卻屢見不鮮。這些雖然是「現實」中發生的事件，但它們能給人「現實感」嗎？在電視畫面中看到時，會令人不禁脫口而出「不會吧……」的事件，為什麼我們在閱讀小說時會感到信服？

前面以「意外的動機」為例介紹的作品所描述的，恐怕是我們平日生活中不會實際產生的心理，也不曾在周遭人身上見到過。倘若注重「現實」，那些盡是稱不上「真實」的動機。

但只要讀過小說，就應該能對犯人為何做出那種事感同身受，那種感覺也會在讀完小說後，長久縈繞心頭。

這就是小說中所謂的真實。

並非現實世界的延伸就叫真實，並非深入做過實地考察的內容就叫真實，並非大眾所接受的普遍性道理就叫真實，並非刻畫入微就叫真實。

只要作品中的世界能夠邏輯自洽，再怎麼脫離「現實」的故事，都能令讀者產生共鳴。建構出一個邏輯自洽的作品世界，這就是一種自行創造世界的行為，這麼做有助於抓住讀者的心。

符合現實世界的事物，之所以容易帶來真實感，是因為無須多費口舌說明。所謂的常理常識，是我們不需做任何事先準備就能接受的。因為有平日的生活與經驗，作為一種看不見的說服力在背後支撐，所以我們不會懷疑「現實」不真實。

歸根究柢，小說是虛構而非現實。人們閱讀小說，就是為了徜徉在虛構的世界裡。若是想鉅細靡遺地了解現實世界發生的事件，根本不需要閱讀小說，只要閱讀報章雜誌或紀實文學即可。

◆登場人物「活在」那個世界裡

關於小說，我們經常會提到的「世界觀」，並非為了彼此爭奇鬥艷，看誰的設定新奇古怪、出人意表，而是要確確實實地創造出一個小說的世界。

再怎麼奇特的世界，只要其中描述的事物有真實感、邏輯自洽、有一致性，且能感受到裡面的人物有血有肉，令人產生移情作用，可以一同哭笑的話，那就會成為一個實實在在「存在」的世界，而具有充分的「真實感」。

所以，寫小說時該注意的是，以「活在這個世界裡的人」的視角來看待登場人物，以「如果是這個人的話，他／她會採取什麼行動？」的觀點來思考人物的言行舉止，以及劇情的發展。

寫懸疑推理小說，有時會先想好詭計和動機，再根據它們安排出場人物及其行動。只不過，把人物當成棋子般移動，就會讓「真實感」一點一滴流失。

即使終點相同，也不能省略中間過程，創作者必須讓自己化作登場人物，思考以下問題：「為何需要做出這種事？」、「是什麼令他打破做人底線，犯下罪行的？」好好思考每個人一路以來有著什麼樣的心境變化，或是基於什麼樣的堅定決心採取行動的。

這裡之所以說「思考」，是有原因的。正如第七章所述，將人物的心聲一五一十地描述出來，雖然有些讀者會買帳，但也有些讀者會因為找不到任何共鳴之處，而逐漸失去興趣。

要建構出紮實的人物背景，但不要將所有內容都鉅細靡遺地寫出來。這部分的分寸拿捏相當重要。

神奇的是，背景紮實的人物和什麼也沒多想的人物，在採取相同行動的情況下，所產生的說服力會大大不同。即使作品中沒有說明原因也是如此。

一個人所採取的一個又一個的行動，究竟是基於某種意志，或者全都是一時興起、心血來潮？讀者只要從頭到尾讀完，自然會了然於心。應該不難想像兩者使讀者感受到的觸動，會有多大的區別吧？

編輯經常對創作者提出這樣的意見：「我不覺得這個人會在這時候做出這樣的行為。」

不只是編輯，讀者也會透過書中資訊，下意識地在腦中拼湊出登場人物的完整形象。我們會一邊閱讀，一邊想像著那些角色是什麼樣的人。因此，突然出現預料之外的言行舉止，只會令讀者感到怪異而已。

當然，有時這種狀況是創作者預留的伏筆，所以不能一概而論，但創作者為了推進故事或製造轉折，經常會寫出「流程所需」的言行舉止，這種言行舉止就會散發出一種刻意為之的感覺，讀者一旦讀到，就會開始出戲。

登場人物必須要確實活在作品世界裡，他們的行動會依循著他們的信念和堅持。一個人的思維，無論是一種普遍性的倫理觀，還是天馬行空的邏輯，都該具有一致性。

此時，若毫無說服力地一筆帶過，只會顯示出這是創作者為了自己方便而創造的「流程」，於是讓故事的虛構感愈來愈強烈。

因此我認為，建立起「前後一致的人物形象」，是人物刻劃的基石。

◆那麼，什麼是「有寫出人味」？

過去經常聽到的一種批評是「沒有寫出人味」，但編輯當了二十年，至今我還是搞不清楚到底什麼才叫做「有寫出人味」。因為每個人提出這種批評時，標準都不盡相同。

不僅是每個人的閱讀方式、感受方式不同，每個人產生的想法也是千差萬別，有人會說「人物被寫得像棋子一樣」，有人會批評「這世上根本沒有這種男人／女人」，還有人會說「故事中沒出現邪惡的人，就沒有真實感」。

關於「人被寫得像棋子一樣」的看法，或許就是來自於前述的「言行舉止感覺不到一致性的登場人物」。雖說懸疑推理小說是以解謎為主要樂趣，但畢竟仍是小說，而非推理猜謎，受害者和犯人的行為原則若顯得過於一時興起而難以理解的話，就會毀了一部懸疑推理「小說」。

此外，與自己不同性別的角色，也必須特別留意。不知是因為我們會將自己的某種理想或心願投射在角色上，還是因為男女本來就有著根本上的不同，我們經常能聽到異性讀者斬釘截鐵地說「這世上根本沒有這種男人／女人」。新人獎的初審中，女性評審者經常提出的意見之一，就是「想得美咧，根本沒有這種女人」。被她們這樣批評的角色，往往是「分手後一直念念不忘舊情人，搞不好還思念了十幾年，最後在危機關頭突然出現，默默地幫助了對方」的女性。

這樣的行動若能讓人感受到必然性，當然沒有問題。然而，大部分的情況是，創作者完全沒提到該角色中間經歷了些什麼，就唐突地以「舊情人」之姿登場，對男主角伸出援手。從各種角度來說，會被批評「想得美」也是合情合理。但只要能塑造出「具有一致性的人物」，其實這種批評是可以避免的。

我至今仍無法理解的批評是，基於「沒有寫出邪惡的一面」或「每個人都是好人」的緣故，就認定「沒寫出人味」的評論。寫出邪惡的一面就等於有寫出人味，這樣的想法根本過於簡化；再說，我們的日常生活中應該也沒有一直明確地感受到邪惡的存在。

此外，我也不認為一個作品中充斥著邪惡而特立獨行的人，就叫做「有寫出人味」。在毫無脈絡可循的狀況下，怪人接二連三地出現，這樣的世界對活在平庸現實中的我們來說，究竟有幾分真實感？又有幾分說服力？我十分懷疑。沒有高明的筆下功夫，反而不可能讓這樣的世界散發出「現實」感。

更進一步而言，即使是基於某種意圖，刻意讓作品中充滿了怪人，這種狀況下我也會奉勸創作者至少要安插一名「普通人」。否則，身為普羅大眾的讀者會找不到可以情感投射的對象。安插了「普通人」，也能幫助我們檢查作品中的話題、討論是不是普羅大眾會談論的。

搭檔類的懸疑推理小說中，搭檔的其中一人通常是非常中規中矩的人，這是有其原因的。因為福爾摩斯若少了華生，就純粹是怪人一個而已，有華生從旁負責社交、負責翻譯，福爾摩斯才能成為一名活躍的名偵探。

前面雖舉出了各式各樣的例子，但我想表達的概念十分單純且重要，那就是登場人物必須「實實在在地存在於作品世界裡」。

有時我們會聽到某些作家說，他們在動筆前，會先替登場人物撰寫好類似履歷的東西。從小到大經歷過那些經驗，包括不打算寫進作品中的事情，他們都會盡可能地準備萬全。

據說，當他們在做這樣的準備時，原本在腦中只有一個大致輪廓的人物，就被注入生命，而且遇到劇情卡頓時，只須思考：「以這個人物來說，此時此刻會怎麼做？」自然就能看出該人物會採取什麼行動。

抵達這種「登場人物會自己行動」的境界，對創作者而言是求之不得的事，因為角色們會「栩栩如生」地推動著故事不斷發展。

不過，這種情況在懸疑推理小說上，卻有一項缺點，那就是如果某個人物出現了脫離情節走向的行動，就有可能讓整個劇情亂了套。

但這時候，只要用「不然，若是這樣呢？」的自問自答，一邊寫一邊慢慢地修正軌道，讓人物的立體鮮活感和懸疑推理小說的架構，逐漸找到彼此的平衡點，就一定能讓讀者感受到，這是一個栩栩如生的人物真切地生活在其中的故事。

一開始就將目標訂在這裡，想要達成目標，難度相當高。再說，也有些讀者和過去的我一樣，比起人性，更重視謎團。因此，並不是非如此不可。然而，總是讓人物做出符合故事進展所需的行動的話，讀者一定看得出來，進而對故事感到意興闌珊。所以，這個部分還是值得我們自我警惕。

第九章　作品的世界是為何而創造？

這一章讓我們從人以外的角度來思考，如何描繪作品中的世界。

◆特殊設定的黃金時代

新人獎的投稿中，有一定比例的作品是以時光旅行／穿越類故事為題材。例如，在某種契機下獲得了穿梭時空的能力，跳躍到過去或未來，改變事情的走向；或者，不知不覺來到一個與現代不同的時代及場所，在搞不清東南西北的情況下，被捲入事件中。

一般來說，都是改變了與現在連動的某件事，進而引發事件、解決事件，或讓事件本身消失。

這類型小說當然是屬於科幻小說的一種，但懸疑推理小說的要素也在其中占了相當比例。

光憑感覺來說，偏科幻類的作品，會將焦點放在時光旅行的理論、因果律的改變；偏懸疑推理類的作品，則會將上述重點一筆帶過，視為理所當然的前提條件，故事的發展著重於在這個世界中，該採取什麼行動以解決問題。

雖然何者的成分較多，跟創作者本身的喜好有關，但讀者對解謎元素的需求有多高，似乎也影響深遠。

關於時光旅行／穿越類故事，要我推薦的話，腦海立刻會浮現的是非常著名的電影三部曲**「回到未來」**（勞勃・李・辛密克斯導演），以及電玩遊戲改編而成動畫**《命運石之門》**（志倉千代丸／MAGES.），此遊戲的完成度與結構性之高，令人嘆為觀止。小說的話，則是經典不敗的**《夏之門》**（羅伯特・A・海萊因）；保證催淚的**《克羅諾斯的奇蹟：有關愛情、希望、時光機》**（梶尾真治）；一次滿足青春、科幻、懸疑推理等熱門元素的**《時間跳躍的妳來自昨日》**（原書名：タイム・リープ，高畑京一郎）等書。上述每一部小說，我都敢打包票說：「絕對不會讓你後悔，還沒讀過的人，現在立刻手刀衝去書店找來看！」

重點除了放在時間上，其他還有在「以魔法代替科技的世界」中展開劇情的故事，例如，像蘭德爾．加勒特（Randall Garrett）的**「魔術師」系列**小說（Lord Darcy）。這類故事裡的謎團，只有可能出現在魔法社會中，調查事件的方法也是靠魔法，而非科學，但最終案件還是會以我們也能理解的邏輯解決。

此外，還有以人類能夠起死回生的世界為舞台的作品，像是**《活屍之死》**（山口雅也）。「既然人死能夠復生，那又為何要殺人？」這個問題理所當然地成這部作品的一大主題，也因此一口氣擴大了嫌疑犯的範圍和推理的廣度。這部作品讓注定得處理「殺人事件」的懸疑推理小說，正面探討「死亡」本身的意義。這種稱得上思辨式的切入角度，使此作品在懸疑推理小說中，青史留名。其後之所以出版了眾多的「特殊設定的懸疑推理小說」，完全可說是這部作品的成功所帶來的結果。

◆能使用魔法，何不用魔法殺人就好？

如果能有始有終地說完一個特殊設定的故事，同時能說服讀者的話，那麼光是擁有一個獨特的世界，就會讓你的故事魅力加倍，因此特殊設定只要設定得好，就能帶你上天堂。

但我們也必須小心，自己是否因為太在意設定的特殊性，反而過度輕忽了構建這個世界的「意義」？根據我長期審閱新人獎稿件的經驗來看，這是許多作品的共通敗筆。

畢竟，若是缺少了構建特殊設定世界的意義，那麼特殊設定世界本身的功能，就只剩下為小說營造氛圍而已了。

如果發生的事件、登場人物的思考方式、人的價值觀、物理法則、法律體系，全都跟現實世界一模一樣的話，那還有什麼必要刻意建構出一個特殊設定的世界？為何不以現實世界為舞台就好？

在創造小說世界的起步階段，你首先該煩惱的是，什麼樣的舞台最能烘托自己的靈感。

即使是老掉牙的題材，只要換上一套符合現代的新裝，仍有可能搖身一變，成為新鮮而亮眼的作品。即使是不可能在現代日本發生的劇情，只要改變時代或國家，說不定故事也能成立。

當你做了上述檢視後，發現「若沒有一個全新的世界，就無法讓我的靈感充分發揮」，這時你才有理由開始構建一個異世界的設定。

如果上述的順序顛倒的話，那麼你的故事設定，往往只會給人十分突兀的感覺。

舉例來說，假設在你設定的世界裡，有一個人明明能使用火焰魔法，但他卻用刀子殺人。

魔法可以遠距離操作，而且燒死對方既不會留下凶器，也不需要凶器。然而，這個人卻刻意使用「刀子」的話，就表示這背後必然隱藏著某種意義或意圖。經常閱讀懸疑推理小說的讀者，一定會認為此處就是破案關鍵。

於是讀者做了各式各樣的想像，像是：「會不會有什麼隱情，才無法使用魔法？」、「是不是為了嫁禍給不會使用魔法的人？」、「是不是因為這種魔法或狀況很特殊，一旦釐清狀況後，就會立刻知道犯人是誰？」

結果案情的調查完全無視這部分，普普通通地偵破了案件，魔法不僅與謎底毫無關聯，它的作用甚至連「戲法」都稱不上的話，就會讓讀者徒留強烈的空虛感，而搞不懂魔法在這部作品裡究竟有何意義。

一個作品若具有特殊的世界設定，讀者就會期待這個故事是只有在這個「世界」裡才可能發生的。以懸疑推理小說來說，那就是這個故事裡，必須有著這個世界才能成立的詭計、邏輯或動機。

唯有如此，讀者才會心服口服地想說：「難怪需要這樣的特殊世界！」

◆只有在這個世界才能成立的故事

現在能看到愈來愈多以外太空為舞台的投稿作品。但這類作品也是一樣，結果作品中的案件和地球上的密室殺人大同小異，太空船或宇宙殖民地只是用來製造封閉空間而已。

如果外太空只是被當成製造封閉空間的工具，結果就無異於暴風雨山莊和孤島。讀者愈期待看到太空才有的要素時，愈容易大失所望。

在以外太空為舞台的作品中，有一部作品無論是在科幻方面，還是在懸疑推理方面，都得到高度讚賞。

那就是詹姆士．霍根的**《星辰的繼承者》**。

在這個故事中，人類對外太空的開墾，方興未艾，月球上已存在著多處基地。此時，有人在月球表面上發現了一具穿著鮮紅太空衣的屍體，但死者身分並非月表基地的人，甚至在調查後發現，他死於五萬年前。

作為開場，這是一個十分驚人的謎團，但聽這麼一小段就能知道，這不是存在於現實世界的故事。雖然那樣的時代或許會降臨在遙遠的未來，但至少我們知道這個故事所設定的舞台，不存在於此時此刻。

作品中當然也有說明，關於支撐這個世界的理論、環境、狀況，因此讀著讀著就會慢慢開始理解這個世界的運作方式。

接著，又接二連三發生更加詭異的事態，謎團也隨之增加，作者在最後則是提出了一個能夠解釋所有謎團的合理答案。

那個謎底即使放在這特殊的世界中，依然是超乎常理的，然而卻徹底體現出福爾摩斯那句名言——「將所有不可能的情況都排除後，剩下來的無論多麼難以置信，也必然是事實」（〈綠玉冠探案〉日文版為延原謙譯）——那是一個單純而又唯一的答案。

雖然那個答案只有在這個作品世界裡具有說服力，而且比對現實來看，也得不到任何證明，但我想應該不會有任何讀者因此而對答案感到不滿。我相信，讀者們反而還會在恍然大悟後，懊悔地想說：「我明明可以想到的！」

這是因為讀者在閱讀的過程中，已經自然而然地融入作品世界了。若要建構一個異世界，就該以這樣的境界為目標。

另外容我再介紹一例，此作品雖然不屬於懸疑推理小說，但也使用了太空作為封閉空間，那就是托馬斯．戈德溫（Thomas Godwin）的**〈冷酷的方程式〉**（暫譯，原篇名：The Cold Equations，收錄於精選集《冷酷的方程式》〔暫譯，原書名：*The Cold Equations*〕）。

這部作品也是「不是這樣的舞台設定就無法成立」的故事。雖然有其他作家在長篇小說中使用了相同的靈感，但這部作品寫出了短篇小說才有的俐落決絕感，再加上小說篇名透露的冷澈感，而使其成為一部名留短篇小說史的傑作。

創造出一個有頭有尾的故事世界，有什麼意義？又能達到什麼效果？這部作品將會在一篇短短的故事中，給出一個鮮明的答案。

◆完全的原創並不存在？

在創造特殊世界時，還有一點必須留意，那就是：你是不是在「將自己喜歡的世界東拼西湊」？

我曾聽過擔任奇幻類小說新人獎審閱者的人這麼說：「說了你可能不相信，但我們真的常常收到把 Final Fantasy 原封不動地改寫成小說的作品。」

投稿者一定是把自己熱愛的電玩遊戲世界，根據自己的方式加以擴張成一個故事吧。寫小說的初期，這麼做也是無可厚非的。畢竟創作始於模仿，心心念念著自己喜歡的世界而開始寫故事，這其實是為自己開啟創作大門的捷徑。

只不過，若要以創作為工作，並有志以自己的名字出書，那可就不能再滿足於借用他人的世界了。因為借用就意味著，放棄了作家的最大武器——原創性——寧可成為一個隨時都可以被替換的寫手。

請想像一下，假如你有某個喜歡的作家，那麼你為何會滿心期待看到這個作家出新書？應該是因為你想讀到的是，只有這個作家才能創造出的世界吧？如果有其他人或其他替代品，那大可不必翹首期盼，只要閱讀既有的書刊即可。

相對地，也有人認為「完全的原創並不存在」。因為任何人都會直接或間接受到過去所見、所讀、所聞的事物影響。

有一部作品就是在講述，怎麼樣排除所有這類先備知識，以及前人作品的資訊，栽培出一個「純粹的」音樂家。這是一部短篇小說，名為**〈無伴奏奏鳴曲〉**（暫譯，原篇名：Unaccompanied Sonata，收錄於歐森．史考特．卡德〔Orson Scott Card〕的《無伴奏奏鳴曲》〔暫譯，原書名：*Unaccompanied Sonata and Other Stories*〕）。它並非懸疑推理小說，舉此作品為例，可能有些突兀，但這位作者在短短數頁篇幅中所提出的對於原創性、以及創作行為的叩問，卻能提供我們很好的機會，重新思考這些問題。

如果完全的原創不可能存在，那我們就可以滿足於「借用」和「拼貼」嗎？當然絕非如此。我認為，我們要相信即使在這樣的情況下，自己仍可以摸索出只有自己才能創造的世界。唯有如此，我們才能創造出獨一無二的世界，而我們的創作也才會產生意義。

投稿中經常出現這樣的作品：雖並沒有酷似某個特定作品到所謂「抄襲」的地步，但仍是拼湊自一些哪裡看過、聽過的東西，而這類作品往往很有趣。創作者應該是蒐集了自己喜歡的事物，將其按造自己的意思，重新編排成一個世界。

但這種作品會帶給人「好像哪裡看過」的強烈既視感，這一點非常不利。因為比起小說技術的優劣，新人獎的評審更注重原創性與發展潛力。

如果已有一些你所著迷的故事，成了你身上的血肉——正因為會遇到這樣的作品，所以人才會不甘於只有閱讀，也想自己創作故事——那麼你就必須好好消化那些故事，使其成為屬於自己的東西，再讓你的故事以不同於原型的樣貌，從你的內在噴發而出。

自己為何喜歡、為何討厭這個故事？為何喜歡、為何討厭這個人物？為何明明覺得好看，卻記不住？為何明明不喜歡，卻忘不掉？為何無法接受這個結局？什麼樣的結局才能讓自己滿意？

平日閱讀時，就要不斷像這樣叩問自己，我們才會在潛移默化之中，慢慢培養出「專屬於自己」的原創性。

第十章　小說標題是最重要的文案

相信只要是曾應徵過新人獎，不，只要是曾經動過投稿新人獎的念頭的人，應該至少都有過一次這樣的經驗：以一種不屑的態度，瀏覽「初審通過作品一覽表」。

面對競爭對手的作品名稱和筆名，你是怎麼想的？

◆瀏覽初審通過作品一覽表

你是否也曾一邊瀏覽，一邊對那些作品名稱或筆名挑毛病？像是「這個字不知道怎麼唸」、「完全無法想像這是在講什麼樣的故事」、「太過裝模作樣了吧」等等。

沒錯，很遺憾地，新人獎的應徵作品中，幾乎不曾出現讓人覺得「這個標題還真有品味」的作品。即使作品得了獎，被更換標題的機率也相當高，有時甚至連筆名也會被換掉。

先解釋一下以防大家不知道，其實新人獎並不會因為標題沒取好，就在評審過程中被淘汰。在我參與過的評審中，從來就沒有人討論過「雖然作品非常有趣，但標題取得太差，所以必須淘汰」的內容。只不過，在相同水準的作品之間，標題取得好的，確實可能較為有利，而且標題不合適的作品雖然也能得獎，但往往會被要求重新命名。

標題不會在新人獎的評審過程中成為被批評的對象，但以作家身分出道之後，標題就會成為永遠迴避不了的問題，所以不妨從一開始就好好了解該如何為標題命名。

歸根究柢，我們為何要求創作者變更標題或筆名？

當然不是為了惡意刁難，而是為了吸引更多讀者，以及為了作家今後的宣傳活動。

或許你會想說：「別人取什麼標題和筆名也要管，管得也太寬了吧？」所以這裡就讓我來解釋一下，站在編輯的角度，為何會要求變更標題或筆名。

◆一本書的書名、作者名唸不出來就無法上網搜尋

首先，關於筆名，最好是一眼就會唸且好記的名字。唸不出來的字、太艱深的字或自己賦予特殊唸法的名字，都會在讀者想要訂購或搜尋時，造成阻礙。

當讀者去書店找書時，如果怎麼也想不起來作家叫什麼名字的話，就會讓原本賣得出去的書賣不出去。或許有人會反駁說：「不會唸的字，還是能上網搜尋啊！」若是複製貼上那還好辦，但如果手邊看不到這個字，必須從零回想的話，事實上本來就沒有被記住的東西，人是不可能想得起來的。

再說，名字是要跟著自己一輩子的，若只是一時興起，取了個看起來很酷炫的名字，將來說不定連自己都會覺得羞恥。若是取帶有諧音笑點的筆名，用在幽默的作品上當然沒問題，但用在嚴肅的作品上，恐怕就不搭調了。

作品的標題也是如此。標題讓人唸不出來也記不住的話，讀者就無法找到這本書。如果是名字已為大眾所知的作家，那當然問題不大，但你是新人。只有非常特立獨行的讀者，才會刻意去讀一本「連名字都不知道」的作家所寫的「不知道標題怎麼唸」的小說。如果今後想要打開知名度，那麼最好的辦法，當然是不要為自己設置多餘的障礙。

標題的品味也很重要，只要稍微瀏覽一下通過初審的入選名單就會知道，中二病炸裂的標題多得超乎想像；相反地，其中也存在充滿朝代感的標題，像是「漢之道」，這會讓人禁不住要問：「先生／小姐，你哪個朝代？」

更慘的是，這些標題不僅使人完全無法聯想書中故事內容，甚至讓人絲毫燃不起閱讀欲望。

身為一名創作者，當然會想花心思琢磨標題，也會試圖和其他作品差異化，這些都是可以理解的，但當讀者對內容一無所知時，如果看到的是一個裝腔作勢到出版方都會覺得不好意思的標題，或是一個「自鳴得意感」爆棚的標題，那就只會產生反感而已。

此外，雖然在法律上，標題並沒有著作權，但若你的標題和某部名作一字不差的話，不但會產生道義上的問題，還會從一出道就落人口實，因此弊大於利。

檢視你的「標題力」的最快方法，就是去一趟書店。問自己：「如果我所想的標題，被放在新書展示架上的眾多圖書中，自己的書是否能脫穎而出？」現實中還得加上作者姓名這個強大的要素，因此還得自問：「一個無名新人的作品，被放在知名作家的作品之間，能否靠著標題勝出？」

◆ 任何書都有標題和作者姓名

對標題和作者姓名字斟句酌的最大理由是：「一本書無論到哪裡，都一定會寫出標題和作者姓名」。

新書出版時，通常都會打廣告。透過報紙、雜誌、網路等各式各樣的媒體宣傳新書時，其說明文——稱為文案或導言——的文字量，會隨著廣告版面大小而不同。廣告空間與印刷本數呈正比。初版印刷愈多本，就能得到愈大的廣告空間；空間愈大，內容介紹就愈得以自由發揮。然而，新人作品可就不是這麼回事，最多僅能簡單扼要地介紹，有時甚至只有得到一行的空間。

不過，無論空間再小，標題和作者姓名都絕對不能省略。而且，無論是什麼樣的廣告，標題多半都是最大、最醒目的。

也就是說，標題其實就是最大的廣告文案，當你在思考標題時，最好能記住這點。

雖然書種不同，去逛一趟「新書[9]」的叢書書架，就能明白此事。書中講述的是哪方面的內容，光看標題便一目了然，有些書甚至直接把宣傳文案當成標題。

比方說，書櫃上有下列幾本書：

《靈長類》

《猴子真的是人類的祖先嗎？》

《進化上出了錯的猴子——人類這種生物》

如果是你，會拿起哪一本書來看？

[9] 譯註：日本的一種小型書，多半是評論、報導、學術入門書，主要以社會上較新的話題資訊為題材。

這當然也得看一個人的興趣和疑問所在，但標題是《靈長類》的話，就會給人過於生硬且範圍太廣的感覺。另外兩個標題，只要是對這方面有興趣的人，就很可能取來翻閱目錄。

同樣地，小說的標題也能告訴對該書類型有興趣的人：「你很可能會喜歡我這本書喔。」

懸疑推理小說不取懸疑推理風格的標題，恐怖驚悚小說不取恐怖驚悚風格的標題，那麼想閱讀該類型小說的讀者，就不會注意這本書。

這當然不是說任何標題，只要加上個「殺人事件」就好，但如果標題取做「愛情的尾聲」，恐怕不會有人會覺得這是一本懸疑推理或恐怖驚悚小說。

懸疑推理小說的標題，最好能讓人忍不住想問：「這是什麼？」、「為什麼會如此？」也就是說，要具有引發讀者想要解謎的要素。恐怖懸疑小說的標題，則是需要在遣詞用字上製造出恐怖的氛圍。

因為我們希望標題裡有某個亮點，能讓人在書店裡不禁停下腳步、在電腦或智慧手機前不禁停下手邊的動作。

◆鍛鍊「標題的命名肌肉」的訓練菜單

「怎樣才是好標題？」關於這個問題不是那麼容易回答。不過，被譽為名作的作品，有許多可供我們參考的地方。像是《一個都不留》，光是標題就讓人感到膽戰心驚；還有**《妖怪森林裡的房子》**（暫譯，原書名：*The House in Goblin Wood*，約翰．狄克遜．卡爾）和**《惡魔前來吹笛》**（橫溝正史），光是字面就傳達出了陰森的氣息。此外，有些是預先提示謎團的標題，包括《人偶為何被殺》（暫譯，人形はなぜ殺される），這部作品在看到標題的瞬間就會讓人忍不住問出：「這是怎麼回事」，並對真相好奇不已；還有**《暗夜的嘆息》**（暫譯，原書名：そして夜は甦る，直譯為「於是夜甦醒了」，原尞），這個標題帥得恰到好處。

必須注意的是，如果一部暢銷作品的作者十分有名，那麼即使標題不討喜，或乍看之下不知所云，仍然能夠大賣。

雖說如此，其實出版業界流傳著兩句格言：「暢銷書的標題就是好標題」、「暢銷書的裝幀就是好裝幀」。所以把名作的標題看成是好標題，確實有事後諸葛之嫌。

確定小說的標題後，一定要唸出聲音來確認。無論文字的排列組合看起來再美，如果讀起來佶屈聱牙，就稱不上好標題。因為這樣的標題不僅難以記憶，又容易搞錯。

跟語意、文字一樣，發音和語感也都是十分關鍵的要素。

自行絞盡腦汁想出標題的最好辦法，就是「提出一千個標題選項」，盡量想出愈多標題愈好，將它們全部列出來瀏覽。等到要做出結論時，再前往書店或圖書館瀏覽書架上的標題。

自己寫的小說，自己一定對故事瞭如指掌，所以思考標題時很容易被內容牽著鼻子走，於是提出的選項往往會繞著主題打轉。一直盯著自己的書稿思考，就無法跳脫這種思維。大量接觸與自己的興趣偏好無關的文字，能激發出新的靈感。

看到後輩的編輯同事為了書的導言和標題的選項，一邊翻著書，一邊搜索枯腸時，我總是會告訴他們：「稿子裡找不到答案的。你可以去書店瀏覽瀏覽書架上的書。」這也是我自己身體力行的做法。當我們和作品保持一段距離，去留心那些會讓你特別有感的字句時，反而更加容易看到作品的本質。

到戶外閒逛也是不錯的選擇。對映入眼簾的事物細細思索的時候，就有可能從一個全然不同的角度獲得靈感。

這麼做了仍沒有立刻想出標題，也無須感到失望。如果原本挖空心思也想不出的標題，只要出去稍微晃個一圈就能想出來的話，不就表示這件事根本毫無難度可言了嗎？

重要的是，把尋找靈感時腦中所浮現的關鍵詞，加進先前想出的標題選項中，將這些文字排列組合或換句話說，進行思考上的大風吹。

這裡介紹一個訓練文字發想的方法，那就是看著翻譯書的原文書名，思考如果是自己會怎麼以母語命名。

雖然有些書名是從原文書名直接翻譯而來的，但仍有相當比例的翻譯書，在書名中加入了獨創的發想。

有些卓越的翻譯書名，是在貼切地承襲了原文書名的同時，又能不失原文語感，讓人不禁讚嘆：「這麼厲害的書名究竟是怎麼想出來的？」還有一些則是完全拋棄了原文書名的原型，但若知道故事內容的話，就會感嘆道：「原來如此，還是這樣的書名比較適合本國人。」

阿嘉莎．克莉絲蒂有一部小說，書名為**《無盡的夜》**，日文版的書名翻譯成中文則是「生來長夜漫漫」（終わりなき夜に生れつく），這個日文書名一下子就把故事氛圍營造起來了。但它的原文書名是「Endless Night」。雖然「生來長夜漫漫」是作品出現過的令人印象深刻的句子，但「Endless Night」不是那麼容易就能想出「生來長夜漫漫」的譯法。

我可以想到的其他書名，還有**《此處前方是怪物領域》**（根據日文書名「これよりさき怪物領域」暫譯，瑪格麗特．米勒〔Margaret Millar〕），原文書名為「Beyond This Point Are Monsters」，無論英日文書名，都令人讚嘆品味如此之好的書名，究竟是怎麼樣想出來的。

先前介紹過哈利．柯美曼（Harry Kemelman）的《九英里的步行》，日文版的書名翻譯成中文則是「九英里太遙遠」（九マイルは遠すぎる），原文書名為「The Nine Mile Walk」。作品中可以找到的句子是「走九英里的路並不容易（A nine mile walk is no joke）」（日文版為永井淳譯），但不曾出現「九英里太遙遠」的台詞。

希拉里．沃（Hillary Waugh）的**《失蹤時身上穿的是？》**（根據日文書名「失踪当時の服装は」暫譯），其原文書名為「Last Seen Wearing…」。直接按照語意翻譯，確實就是「失蹤時身上穿的是？」然而，恐怕沒有什麼人敢自信地說，自己可以立刻想出這個書名。柯林．德克斯特有部作品，也取了相同的英文書名，只是沒有加上標點符號「…」而已，但這部作品翻譯成日文，書名就變成了「從基德靈頓消失的女兒」（キドリントンから消えた娘，中文書名為**《最後的衣著》**）。

日本的翻譯書籍，一定會在扉頁的背面或版權頁上印出原文書名，所以你可以到書店，只要看到感興趣的書名，就一一翻開來確認。此時的重點是，看了不能只是感到佩服，還要思考如果是自己會取什麼樣的書名。

畢竟任何技能，只要自己不曾身體力行地思考，就難以習得。

而決定標題的過程中，最重要的一環，就是聽取第三者的意見。即使對方沒有讀過作品也無妨。甚至沒讀過更好。將你的標題選項拿給你認識的人看，請對方透直覺判斷，告訴你他會想看哪個標題的書？哪個標題會引起他的興趣？又或是都興趣缺缺。

對方的答案很有可能最接近「一般讀者」的想法。

第十一章 「純愛手札」會不會做著黑澤明的夢？

抱歉，看到本章的標題，你可能會懷疑是不是哪裡搞錯了。請別擔心，這確實是「懸疑推理小說入門」。

◆男生不說話的美少女遊戲很無趣？

請容我唐突一問：你知道一款名為「純愛手札」的電玩遊戲嗎？因為它曾移植到多種電玩主機上，後來又出了好幾款同系列作品，所以對電玩遊戲稍有興趣的人，應該都聽過這個名字。

這款遊戲正是所謂「戀愛模擬」遊戲的開山始祖，主角是一名高中男生。主角透過高中三年的讀書、社團活動自我提升，目的是在畢業典禮當天，向心儀的女孩告白。遊戲中有各式各樣的女生登場，從多才多藝的資優生、運動女孩、文藝女孩，到有點與眾不同的奇妙女孩，十分多元，但男生基本上只有自己和最要好的朋友兩人而已。雖然不是全程配音，但因常用的句子和最後的告白都有配音，所以應該也讓不少玩家體驗到了一邊握著搖桿，一邊臉紅心跳地扭捏著身體的經驗。

看了以上的說明，你可能會以為這個遊戲的主角都在沒羞沒臊地廝混，但事實上，這可是一個極富挑戰性的遊戲，若想讓心儀的對象喜歡上自己，就必須進行嚴格的參數管理。而且內容十分豐富，如果想要將遊戲裡所有分支線都玩遍，那麼破關個一次兩次是遠遠不夠的。

由於這款遊戲大賣，以至於後來類似的遊戲如雨後春筍般冒出。然而，網路上的部落格對這些跟風作品，卻給出了令我十分意外的評語。

他們認為，男性友人角色說話沒聲音，令人感到美中不足。

確實，「純愛手札」的男性角色說話有配音，但跟風作品的男性角色都沒有配音。我自己是「純愛手札」和跟風作品都玩過，但對他們提出的這點沒有任何感覺，所以老實說，那時候我很疑惑他們究竟在不滿什麼。畢竟絕大多數的玩家都是男性，這些遊戲的目的就是要跟自己看上的女生拉近距離，既然如此，男性友人說話有沒有聲音應該都無所謂。如果要錄製音訊資料來占用儲存空間的話，那當然是增加女生的說話台詞更好，不是嗎？我一直以為，自己的想法是理所當然，也以為大多數的玩家想的會跟我一樣。

「為何不幫男生配音不行？」這個疑問一直留在我心裡的某個角落，而且後來「純愛手札」不斷有系列作品推陳出新，並在遊戲史中占有一席之地，但其他跟風作品幾乎都只是曇花一現地消失了。

經過一段時日，這個疑問才因為我聽到了另一個毫不相關的故事，而忽然得到解答。

◆對黑澤組而言的「理所當然」是什麼？

某次有機會跟一個曾在黑澤組[10]工作過的人聊天。當時那個人已年事頗高，是超級資深的業界人士，跟黑澤明的合作經驗也是十分悠久。

由於可以親自證實各式各樣關於黑澤明傳說的真偽，使我聽得津津有味，而其中兩個故事特別令我印象深刻。

一個是關於「白費功夫」的故事。

某部電影的拍攝期間，黑澤導演希望能拍攝出自高處向下俯瞰的影像。不巧的是，附近沒有這樣的場所供他們攝影。實際上，這是導演沒有在事前預定的臨時提議。即使如此，導演還是說什麼都不肯放棄，幕後人員只好找來木材，搭建一個高塔，它可以像起重機一樣把導演和攝影機吊起來。

如果是發生在其他人身上，這個故事可能就會以一句「還真是辛苦你們了」畫上句點，但黑澤明傳說當然不會就此結束。

據說，導演看了從上而下的俯瞰畫面後，一下到地面就毫不猶豫地說：「跟我想像的不一樣，這個高塔可以拆了。」

在場的人，包括我，全都因意料之外的發展而一陣鴉雀無聲。

「可是好不容易才架好的高塔，用都不用就拆掉，大家不會生氣嗎？」

在這樣的詢問下，那個人搖著頭說：「怎麼會」。

「導演是上了高空實際看過後，才判斷這個畫面用不上的。知道用不上，這件事本身是具有意義的，所以搭建高塔不但不是白費工夫，反而還起了很大的作用。」

他淡淡地說。

⑩譯註：指在幕前、幕後與知名導演黑澤明合作的固定班底。

另一個故事，則是拍攝電影《紅鬍子》期間的小插曲。

這部電影的原作是山本周五郎的《紅鬍子診療譚》（赤ひげ診療譚），故事以江戶時期的貧民救濟醫院「小石川養生所」為舞台，主角是一個綽號「紅鬍子」的老醫生。

想當然耳，他們搭建了養生所的布景，並且以此為主要拍攝場地。

因為背景是江戶時期，而養生所又是一棟年代老舊的建築物，所以他們要把外觀布置成符合這種形象。他們將新木材組裝成的布景弄髒，營造出飽經風霜的味道。

到此為止都可以理解。他們將布景裝飾成符合那個時代與歲月的樣子，讓觀影者可以沉浸其中。

但接下來又是黑澤組的厲害之處了。據說，他們把養生所內的櫃子抽屜內部也弄髒成飽經風霜的樣子，並擺入了一罐罐的藥瓶。

這些當然是螢幕外的人所看不見的，電影中也沒有看到打開抽屜的畫面。不是最後那些鏡頭被刪掉了，而是一開始就沒有預定要拍攝那種場景。

即使如此，為何黑澤組的幕後人員還要對不會被拍攝到的抽屜內部施工，並擺入藥瓶呢？而且這些是他們自動自發的作為，並非導演指示。

「為什麼要做到這種地步？」

被這麼一問，那個人一副理所當然似地解釋：

「拍攝中間的休息時間，導演說不定會在布景裡走動，然後隨手拉開抽屜。這時候，如果抽屜裡空空如也，木頭也是原色的話，導演的意識不就會被拉回現實了？做好萬全準備，讓導演可以隨時沉浸在《紅鬍子》的世界裡。這就是我們幕後人員的工作。」

這個故事是發生在很久很久以前，那個時代還保留著古老而美好的風俗，而且說不定其中也摻雜著誇大的部分，但除了故事本身令人動容外，他雲淡風輕地講得好似理所應當的模樣，更是令人感動。不，不僅是感動而已，甚至是某種藏在黑澤組專業態度中的什麼，令人不禁望而生畏。

同時，我也完全被說服了。當我們愈是沉浸在一個虛擬的世界裡時，愈是容易因為細微的破綻，就感受到整個世界的崩壞。

◆ 千里之堤潰於蟻穴

讓我們回到最初的話題。

希望有人聽完關於黑澤組的抽屜小插曲，就能讀出我想要說的是什麼了。當所有女生說話都有聲音的遊戲裡，唯獨男性被靜音的話，就會為變成在這個遊戲世界中，令人感到出戲的地方。

其他角色說話都有聲音，卻有一個人說話沒聲音時，玩家會突然被拉回現實，清楚意識到這只是一個遊戲而已。

當一個世界被建構得愈精細徹底時，一遇到微小的破綻就愈容易被突顯出來。小說也是如此。雖然沒有寫出來就不會被讀到，但讀者依然能夠看出那些沒有寫出來的部分，究竟只是沒寫出來而已，還是根本就沒有設定。

我們可將《紅鬍子》插曲中的導演替換成讀者，幕後人員替換成創作者。讀者說不定會因一時心血來潮，而留在某一頁的劇情裡，一邊思考「這個部分沒有多做說明，但詳情究竟是如何」，一邊幻想著作品的世界觀設定。

此時，創作者若有明確的設定，那麼讀者也許透過其他若有似無的描寫就能類推出結論，或是透過該人事物在整體故事中的立場或作用，就能想像出其背景。

在一個事前就構建周全完整的世界中，即使出現了不熟悉的詞彙，或實際上不存在的物品，也會因為背後有著縝密的設定，而不必多做解釋，就讓人讀得十分踏實。當然，創作者本身也能帶著自信下筆。

反之，如果是寫到哪想到哪的話，遇到沒有詳細設定而模稜兩可的部分，就會因創作者下筆時的不自信或不一致，而造成這個世界微妙的鬆動。這不僅會削弱讀者的沉浸感，就連故事本身、小說世界本身也會使人不盡興。

我在第八章中也有提到，以現實世界為舞台的作品，因為作為前提的背景與讀者相同，所以能不費吹灰之力就具有「真實感」。

因此，當創作者書寫的事物有任何一丁點脫離現實時，只要他沒有賦予這個元素清楚的設定，那種真實感就會立刻鬆動。

此外，關於高塔的例子則是應證了「白費力氣的功用」。不是沒用上就是白費力氣，而是只要能知道用不上，就表示這個行為是具有意義的。

在剛開始寫作時，我們經常會因為「這是好不容易寫好的內容」而捨不得刪除，但有相當比例的專業作家，都曾說過類似這樣的話：「寫是寫了，但不適合，所以全刪了。」而且他們刪掉的是幾百張，甚至幾千張稿紙的內容。

對他們來說，那樣的行為絕非白費力氣。他們的想法是：「因為寫出來過，所以知道那樣行不通，這未嘗不是件好事」。

建構虛擬世界時，不妨拋開「思考不會寫到的設定，只是在白費力氣」的思維，應該要告訴自己：「雖然不會寫出來，但唯有先設定好，才能預防自己的小說世界產生矛盾」，並將看不到的部分設計周全。如果你還能對這個設計過程樂在其中，那就太棒了。

我並不是想告訴你：「任何事都不會是沒有意義的」，只不過，換個思考方式，你就能讓「白費力氣」變成「沒有白費」。畢竟也有人說：「成功的秘訣就是多多失敗。」

第十二章　通往出道之路

有志成為作家的人經常問我的其中一個問題是：「寫小說，有沒有事前該做的準備？」

◆廣泛閱讀，不要挑食

其實也沒有特殊的門道，就是多讀多寫，如此而已。

不是只有書寫，閱讀也很重要。優秀的作品和文章能讓我們學到很多，我們可能從中發現：「原來這也可以當成題材！」加以類推衍伸，進而聯想：「既然如此，那我也能把那個當成題材。」

第一次閱讀泡坂妻夫的出道作品**〈DL2號機事件〉**（收錄於《亞愛一郎的狼狽》）

時，說來慚愧，我實在看不出它哪裡好。因為它有別於我以往閱讀的懸疑推理小說，所以當時的我還無法掌握如何欣賞的竅門。我從沒想過那樣的理由也拿來寫成懸疑推理小說。

然而，一旦掌握了欣賞的竅門，就能體驗到其他小說絕對無法帶來的獨特滋味，這種感覺實在教人上癮。**「亞愛一郎」系列**作品中，許多地方的看點都在於它的「悖論」（paradox）。其中，有趣的不只是出乎意料的相反邏輯，個人認為，事後讓人跌破眼鏡的各種伏筆埋設，以及引導主角找出答案的「輔助線」般的巧妙劇情安排，是這部作品的最大價值所在。

據說泡坂妻夫在寫「亞愛一郎」系列作品時，參考了G．K．卻斯特頓的**「布朗神父」系列**，這個系列作品可說是「悖論」的始祖。在這道光環的掩蓋之下，人們往往只注意到「布朗神父」的悖論，但除了這項看點，作者有時只是利用日常生活的事物，就能創作出多采多姿的詭計，像是**〈隱形人〉**（收錄於《布朗神父的天真》）、**〈狗的神諭〉**及**〈有翅膀的短劍〉**（收錄於《布朗神父的懷疑》）等作品，即是這方面的翹楚，可當作範本學習。

大量閱讀時，即使遇到不怎麼有趣的作品，而十分掃興時，你就可以開始思考：「若改成〇〇的話明明可以更有趣。」這能為你未來的創作帶來頭緒。討論謎語故事（riddle story）時所介紹的〈美女和老虎〉的作者傑克·墨菲特，據說他平時練習創作故事的方式，就是自行為其他作家的既有作品思考續集內容。

若是要寫懸疑推理小說，那麼閱讀就真的很重要，如果沒有累積一定程度以上的閱讀量，就不會察覺自己想出的題材是否已經有人寫過。愈是出色的點子，愈會在有前例時，被輿論指為「抄襲」，或遭嘲笑：「怎麼連這部作品都不知道？」

或許你會覺得，明明是憑一己之力想出的點子，卻要遭到如此對待，太沒天理了，但就請你將這當成是一種「智慧財產權」吧。關於點子這件事，是存在「先發者優勢」（first-mover advantages）的。第一個實踐出來的人最大，這份榮耀是無法抹滅的。

當然，「至今都沒有人創作過的點子」已不是那麼多見，所以只要做出變化，或不是當作故事的主要焦點，那就無須太過介意。但即使如此，若對前例一無所知的話，那麼就連有沒有做出變化都無法判斷。

為了不在日後丟臉，也為了更了解自己的競爭對手，最好的做法就是，新舊交替地大量閱讀作品，此舉可以當作是在偵察敵情。閱讀人氣作品、暢銷作品，可以讓我們提前了解「將來自己要面對的挑戰是什麼」。

不只是相近類型的科幻小說、恐怖小說，從純文學到紀實文學，其中的任何一個細節，都有可能在未來的某一天對我們產生助益。

Mystery 研裡有一位前輩，簡直就是正宗懸疑推理小說的行走百科全書，但跟他深入聊過才發現，其實他對所有類型的作品都十分精通。他腦中滿載豐富的點子，無論跟他聊什麼樣的作品，他都能說出「如果這邊改成○○的話，明明可以更精彩」；即使是閒話家常，他也能說出令人驚艷的觀點，因此帶給我許多啟發。至今，每當我遇到十分有趣又或十分無趣的作品時，仍會想聽聽他的感想，總是默默想說：「不知道那前輩看了會怎麼說？」

反之，只閱讀固定類型作品的人，只要聊過幾次，就能大致推想出他會有什麼樣的反應。於是，我當然不會特別想去請教對方的意見。

請試著把這個現象，轉換成發生在自己腦中的情況。如果只有偏頗的知識與固定種類的閱讀，那麼在進行腦力激盪時，能夠得到的就只有意料之內的結論。唯獨腦中擁有多個頻道可供切換，一個人的腦力激盪才會變得有意義。

◆任何事物都能成為小說構想

若要勉強再舉一件該做的事，那就是讓自己先擁有社會經驗。偶而會遇到為了專心寫作而不工作的創作者，他們會把自己關在家裡埋頭苦幹。但我強烈建議至少一週撥出幾天打工或外出。其中一個原因是為了確保收入來源。

編輯一開始最常對新人獎得獎者說的其中一句話就是「請不要辭掉工作」，這不是什麼都市傳說，而是現實。實際上，這句話我也說過無數次。

我必須遺憾地說，現代日本的書市行情，無法讓新人作家光靠寫作維持生計。如果好不容易當上專業小說家，卻為了賺更多稿費，而不顧創作品質匆促成書的話，賠上的將是自己的未來。雖然有其他工作就無法大量產出，但畢竟有穩定的收入，才能有穩定的創作。

更重要的是，無論任何職場，都是創作材料的寶庫，這一點當然要好好把握。我並不是指工作可以當作「職人小說的田野調查」，而是職場裡那些形形色色的人、自己犯下的錯誤、周遭的經驗、別人的八卦、開心的事、傷心的事、不平等待遇等等。這些不僅是我們創造人物角色時不可或缺的原型，而且只要將所見所聞稍加改編，還能寫出魅力十足的故事橋段。

別忘了，絕大部分的讀者都是過著這種日常生活的人們。深入了解讀者的生活和心情，絕對百利而無一害。

我曾為了編輯一部以特殊行業為故事背景的小說，而與作者一同前往田野調查。聽到業界的詳細內幕，固然讓我感到收穫滿滿，但回程的電車上，那位作家卻對我說：「關於工作和業界的內幕，其實有心的話，翻書、上網就查得到。其實最大的收穫是關於人•••的本性，因為可以看到在從事那份工作的，都是什麼樣的人。」

他說，這才是不透過「田野調查」就無法得知的部分。

既能賺錢，又能蒐集創作材料，一石二鳥。所以，社會經驗的意義非同凡響。即使不能立刻帶來好處，從長遠來看，也一定能化為自己的創作養分。

◆務必從頭到尾寫完

另外還有一個經常被問到的問題，就是：「想要以作家身分出道，最重要的是什麼事？」

答案當然是「寫出有趣的作品」，但這個答案太過理所當然，所以我們不妨思考在那之前要做的事。如果你是一個不停寫稿、不停投稿的人，那你可以略過這段不看。

我不只一次目睹不同的作家被問到這個問題的場面，他們都異口同聲地回答：「先把一個作品從頭到尾寫完。」我既感到恍然大悟，又覺得：「沒錯，正是如此。」

無論長篇還是短篇，要把一個故事從頭寫到最後一行，都不是件容易的事。我們會因各式各樣的原因半途而廢，再者，要判斷出「以什麼作結尾」也相當困難。

從構思小說設定和內容，到開始動筆為止都還好。等到真正動筆後，就必須花上一定以上的時間書寫。你有沒有只寫到一半的小說？要在工作或讀書之餘，每天利用一點空檔時間，慢慢書寫，慢慢累積，這不是靠普通程度的毅力就能辦到的事。

而且，寫到一半一定會遇上「故事進展不如預期」或「下筆不如預期流暢」的瓶頸。即使如此，還是要不屈不撓地寫到最後，為故事畫上句點。這就是最初階段必須達成最重要的事。

另外，當你想到一個有趣的故事時，就立刻興奮地跟周圍的親朋好友分享的話，被聆聽有可能會變成「被閱讀」的虛擬體驗，使你的創作欲還未動筆就被滿足。連某些專業小說家也都以此為禁忌，他們會說：「現在說出來的話，我就會以為自己已經寫過了，寫作動力就會降低。所以我會先好好寫，寫完再請你閱讀。」他們的寫稿風格就是不會事先討論內容。

若想寫大約稿紙四百張左右的長篇小說，即使每天可以寫十張，也要花四十天才能寫完。即使其他什麼事都不做，每天就是負責寫好十張稿紙份量的內容，要持之以恆也不是件容易的事。

如果你已經養成每天一點一點書寫的習慣，那當然再好不過，但你若不是這樣的人，首先就不妨從寫完一篇短篇小說開始做起。長篇也好，短篇也好，無論如何都要將一個故事從頭到尾寫完。就算內容很短，也要按自己的期待完成一個故事，這樣的經驗一定能帶給你莫大的自信心。

我並不是在說，把寫好的短篇小說擴充加長後，就能變成長篇小說，而是只要有過一次全程寫完的經驗，未來就能以慢慢增加距離的心態書寫，挑戰長篇小說的難度便能大幅下降。

◆懸疑推理小說是易於決定「開頭與結尾」的小說類型

任何故事都需要開頭和結尾，但如何開始和如何結束，這兩者又是十分困難的問題。所謂結尾，只要創作者決定「到此為止」，那裡就是結尾；但若一直猶豫不決，就永遠無法打出個「終」字。

有種狀況雖然較少出現在懸疑推理小說的新人獎中，但在各種徵文的稿件中，卻占了相當程度的比例。那就是故事內容為「以白天醒來為開頭，以晚上睡覺為結尾」。可能是因為這樣的起點和終點特別明確吧。但我們是在寫小說，而不是寫日記，開頭最好能為故事帶來驅動力。也就是說，請用一個漂亮的謎團作為開頭。

至於懸疑推理小說，則應該是「最易於構建開頭與結尾的小說類型」。故事的開端是事件或謎團的發生，並以破案為結尾。開頭與結尾的決定方式，沒比這更明確的了，而且也不會有哪個讀者對此提出抗議。

講述愛情或人生的作品，一定會以某個場景為故事畫下句點，只要不是以死亡作為結束，那麼故事結束後，登場人物的人生仍會繼續下去。即使主角死了，周圍的人也依然存在。對於在哪裡結束，任何人都能不留情面地批評其過與不及，像是「看得不盡興」或「未免寫過頭了」等等。

關於此點，撇開小細節不說的話，懸疑推理小說的大概「結束方式」，應該是沒有什麼好困擾的。

綜合來說，總之就是拚命書寫，拚命投稿。畢竟不投稿就不可能獲獎。

不過，有件事必須說。雖然我知道創作者會對自己的創作產生感情，但我不建議把曾經落選的稿件，稍加修改後拿去投稿其他獎項的做法。因為舉辦新人獎的工作小組也會確認其他新人獎的入選名單，類似的標題或相同的筆名，一下子就會被認出來。

嚴格來說，這不會被認定為一稿兩投，但卻會被懷疑「是不是靈感枯竭，沒其他東西可寫」；更重要的是，如果一個創作者無法接二連三地寫出新的作品，那麼即使以作者身分出道了，也會立刻陷入僵局。

◆編輯的修行之路也是如此

同樣地，也有人問過我：「成為一名編輯，有沒有事前該做的準備？」

答案如前所言，「閱讀和書寫是一體兩面」。別只是不斷大量閱讀，要養成習慣去思考一部小書為何有趣，為何乏味。如果到達能思考「自己會建議如何改稿」的境界，那就非常棒了。

偶爾會有人以為編輯只需閱讀，不需具備撰寫的能力，這並非事實。編輯需要撰寫的東西多如牛毛。光是會映入大眾目光的部分，就包括書籍大綱、書腰文案、廣告文案等等；除此之外，整理專訪和對談的內容，以及田野調查時聽到的故事，也是編輯的工作。

編輯還要時常透過電子郵件討論作家草稿，因此需要足夠的文字表達能力，確實將自己的感想、提議傳達給作家。

如果害怕書寫的話，之後一定會吃上許多苦頭。最好能讓書寫變成一種習慣，至少要讓書寫對自己而言不是件苦差事。

此外，只要是感到興趣的事，都不妨接觸看看，抱著「對編輯而言，任何事都不會沒有意義」的心態。特殊的經驗和知識，是寶貴的閒聊話題，能讓聽者聽得津津有味。

學生時代，我曾在東映太秦映畫村[11]打工，擔任「製造風吹雨打的工作人員」。關於當時的甘苦談——製造下雨時，要待在布景的屋頂上，拿著淋浴噴頭待機，但那裡不易站立，又看不見拍攝情況，既恐怖又消磨時間，非常辛苦——以及映畫村的內部情形等，即使已過了幾十年的今日，仍是我十分寶貴的話題材料。

每個作家的興趣嗜好都不一樣，因此擁有廣泛的知識與話題，才能應對各類不同的話題。說不定能跟作家在意外之處擁有相同的興趣，而相談甚歡，甚至因此推動工作的進展。

在知識和經驗上，都要以「T字型」——「廣泛而粗淺地涉略，但對自己的專業要深入」——為目標，若能再慢慢發展成擁有多項專業的「草耙型」，那就沒得挑剔了。

[11] 譯註：日本一個以電影為主題的主題樂園，同時也是東映的時代劇拍攝場地。

第十三章　關於懸疑推理小說新人獎的書寫、投稿與選拔之我見

這本書也進入尾聲了。最後這一章，讓我根據自己長年負責新人獎工作的經驗，向各位讀者整理說明關於編輯如何閱讀稿件，以及充斥在坊間如都市傳說般的各種誤解。

◆投稿沒有「標準答案」

新潮社主辦的所有新人獎，不限懸疑推理小說，在多數情況下，作品一旦進入決選，我們就會安排一名責任編輯，以聯繫人之名與作者聯絡。而通知作者其作品進入決選的那名編輯，大多是在初審中最看好該作品的人。如果得獎，他就會直接成為責任編輯；如果遺憾落選，也有可能約一次見面，接受投稿人詢問並給予各種意見，有時還會鼓勵

對方：「希望明年也能看到你的投稿。」

透過這樣，我見過許多出道前的創作者，在這過程中，令我感到驚訝的是，竟然有不少人以為投稿「有標準答案」。

之所以會對創作者說出在新人獎工作小組及評選會議上關於投稿作品的評價，用意是讓對方當作下一次創作的參考。當我告訴對方他的文筆受到青睞時，有些人就會向我確認：「那我只要維持這樣的文風就可以囉？」或是，當我指出問題點後，有些人會問我：「是不是改掉這些缺點就能出版了？」

文字表達方式的合適與否，會根據內容而不同；而問題點即使修正了，也無法讓作品產生鉅變。如果這樣就能出版的話，作品應該已經得獎，出版前再加以修正即可。

確實，由於新人獎有「得獎與否」的認定，或許容易令人聯想成升學考試的「考上與否」。但創作的好壞，看的不是一個固定範圍內的完成度，而是在萬事皆有可能的世界中，比較誰更具獨創性。兩者的差別舉例來說，一個就像是把「著色圖」塗得很美，另一個則是完全自由作畫。

如果你覺得我說的這些都是理所當然，那麼恭喜你，你的心態很好。只不過，長期投稿新人獎的人，會在經歷反覆落選後，逐漸失去自信，於是把「如何才能得獎」看成首要課題。

◆新人獎沒有「考前猜題和解題策略」

在這種情況下，人們往往就會開始尋求不存在的「考前猜題和解題策略」。他們會閱讀過去的得獎作品，瀏覽評審的講評，自己試著「考前猜題」，思考評審的偏好，並根據那樣的偏好制定「解題策略」，接著才開始動筆，甚至還會將當下流行的作品類型等列入考慮……

當我審閱稿件時，時常會有一種狀況——主題或氛圍相似的作品同時蜂擁而至，都是前不久坊間所流行的作品類型。但這個「前不久」正是問題所在。

為了採用最近流行的元素，而開始蒐集資料，甚至是做了田野調查，才開始動筆。作品好不容易寫成後，再投稿新人獎，並等待審查結果。幸運的話，順利得獎，稿件再經過修改，才出版成冊。這段歷程怎麼快也要二至三年時間，等作品出版時，當初的元素早退了流行，坊間已迎來下一波不同的流行元素。這種狀況非但可能發生，而且是很大的機率會發生。

撰寫作品的過程中，可能會出現下一屆的獲獎作品，自己所參考的看似上屆「評審偏好」的元素，說不定也會在下一屆忽然一百八十度大翻轉。再說也不一定每屆的評審委員都是相同的成員。

一味追求評審偏好和坊間流行的元素，最後只會淪為跟風之作。結果不只事倍功半，甚至會落得徒勞無功，因此切莫將時間與勞力花在此處。你一定要有「下個風潮由我來引領」的氣魄。

令人意外的是，愈是有一定創作能力的人，反而愈容易誤入這種狹隘的思路。或許是自己的投稿曾在數個新人獎中過關斬將，作品多次進入決審，但卻總是拿不到獎項。於是，開始為「如何才能得獎」感到焦慮，這種焦慮又發展成擔心，擔心「自己是不是少了什麼」，擔心「是不是存在著自己不知道的得獎秘訣」，因此開始尋找標準答案。

然而，新人獎最需要的是，令人拍案叫絕的原創性，以及未來潛力看好的深不可測性，即使作品粗糙一點也沒關係。

進入決審的作品中，有時會出現不需要修改就能直接出版的作品，其完成度之高像是出自職業作家之手，令人難以相信會是業餘新手的作品。

但如果是「很像小說家〇〇的作品」，那肯定是〇〇本尊寫得更好。讀者也寧可選擇本尊的作品，而非分身的仿製品來閱讀。

所以別害怕自己的作品還不夠成熟，因為你不當自己的一世，而去當某某二世的話，即使當上了小說家，恐怕也難以長久。

◆為何要寫小說？

曾有人問我：「怎麼做才能成為小說家？」此時必須確認的是「你是想寫小說」，還是「想得到小說家的頭銜」。

若驅動你的是「想寫小說」的單純欲望，那就沒有出道的絕對必要。作品好不容易完成後，會希望有更多人閱讀，這是人之常情，但如果你是以「寫自己想寫的小說」為最優先考量的話，其實投入「同人活動⑫」也是一個辦法。再說，近年在網路上發表小說作品的管道，多不勝數。出道不出道，應該也沒那麼重要。

但如果是「想成為小說家」的話，那就另當別論了。老是獨自一人勤勤懇懇地寫著小說，就永遠撕不下「自稱小說家」的標籤。唯有自己的著作陳列在書店內的書架上時，你才能被大眾視為「小說家」。以日本的現狀而言，獲得新人獎正是出書的捷徑。

大家起初應該都單純只是寫自己想寫的小說，並把完成的作品投稿至新人獎。但經歷一次又一次的落選，自己創作的目標就會在不知不覺中，從「自己想寫的小說」變成「有可能得獎的作品」。你是否也如此？

歸根究柢，我們應該是因為有想寫的事物、有想法想向世人表達，才會有志成為小說家的。既然如此，就應該盡情寫出自己想寫的。若非如此，不但會失去寫作的意義，在書寫的當下也不會快樂。

假設小說獎真的存在「考前猜題和解題策略」，你按照這套邏輯寫出作品，也賣出了還可以的成績，但你真的會因此打從心底感到開心嗎？

相反地，若是以自己真正想寫的主題，傾盡全力寫出作品，就算最終沒有獲獎，你會因此覺得可惜、覺得不甘心，但至少你一定能說：「如果這樣還沒得獎，那我也沒有遺憾了。」

但若是職業小說家，可就不能這麼隨心所欲，因為寫作成了「工作」，工作有工作上不得不配合的情況，像是創作載體的需求、頁數限制等等，小說家絕非愛怎麼寫就能怎麼寫。

而在出道之前，就是唯一無需考量這些干擾因素的絕佳時期。透過創作，將自己擁有的一切傾洩而出，以這樣的心態書寫，你投入的心力自然會躍然於紙上。

過往應徵的稿件中，確實遇見過某些作品，有著難以名狀的渲染力，或許它們的完成度並不高，但卻活力滿滿地傳遞出作者那種「這就是我想寫的小說」的心情，讓我們留下深刻的印象。即使這些作品最終未能進入決審，我們也有可能主動聯繫對方，與投

⓬譯註：同人活動就是顯示同人創作的空間，包括同人作品展銷、創作分享、角色扮演等。同人創作的題材多為動漫的二創，「致敬」性質高，因此即使會印刷裝訂成冊，一般也不會是透過出版社出版。

稿者見面，並告訴對方：「這次沒能得獎很遺憾，希望下次也能再見到你的投稿。」、「下次完成作品，只要寄給我，我一定會看的。」現實中，也有人是經過了這樣的來回討論，之後順利得獎並在文壇出道，成為小說家。

至於「新潮懸疑推理大獎」的情況，即使投稿的稿件在事前有跟編輯討論過，也不會得到直接晉級的種子權，他們會公平地與其他作品一起從第一次初審開始接受審查，所以請各位投稿者放心投稿。

◆一定要讓第三者閱讀

雖然我教大家要盡情寫自己想寫的東西，但這並非要你隨便亂寫。如果是寫給自己一個人看的也就罷了，只要你希望你的讀者至少有一人以上，那你就必須好好寫，讓讀的人能看得懂。

若是為了表達自己的思想或主張而寫作，那就更應該如此，否則你提出了某種主張，卻沒人能看懂，那也只是枉然。我經常聽投稿者說的其中一句話，就是「稿子還沒給任何人看過」。但是，先讓朋友、家人或自己以外的第三者閱讀過，是投稿前的必要條件。

再優秀的創作者，都不是一開始就能把稿子寫得盡善盡美。矛盾和晦澀難懂之處，常常是創作者自己很難察覺的。

雖然給別人看稿子，有遭到毒舌批評、只得到客套回應，或發現對方看得一頭霧水的風險，說不定你也會因此感到憤慨。但反過來說，這也顯示出是自己的能力不足，才無法使讀者確實讀懂。

如果不虛心接受這樣的事實，你就不會進步，也不會有任何讀者能夠愉快地欣賞你的作品，更遑論想要傳達自己的思想給不特定多數的讀者。

你若有堅持無法妥協之處，那當然不該妥協，所以不需要什麼都按照別人的意見修改，只不過對方代表的是讀者的意見，至少要能抱著開放的態度聆聽。

有人閱讀之後，你才會察覺「自己竟然連這種地方也寫不清楚」或是「這一處竟被閱讀成完全不同的意思」。有時候，還有可能因為某個人一句不起眼的話，激發出你的無限想像。

出道以後，編輯就會是擔任這個角色的人，但在那之前，就只能拜託身邊的人幫忙。如果周遭沒有愛看書的人，那就請不愛看書的人閱讀，這樣更好。因為無論從好的一面或不好的一面來說，愛看書的人都無法代表一般讀者。

◆最重要的是「改稿力」

請別人閱讀後，就要把稿子修改到能讓讀者看懂。反覆這麼做，能讓你慢慢建立起客觀鑑別的能力，也就是能自行判斷出「這樣寫讀者應該看不懂」、「這樣寫好像會招來誤解，還是寫得仔細一點好了」等等。

關於新人獎的評審，某位作家曾說：「我真正想看的其實是投稿者的改稿能力，但這個部分無法呈現在稿件，實在可惜。」這句話令我印象深刻。順帶一提，這位作家的出道作品，他並沒有寫完馬上投稿，而是花了整整一年改稿，並在投稿後獲得了新人獎。

只要在寫完後重新檢視整個作品，應該就會發現某些橋段可以當作伏筆，某些橋段有些格格不入。從新的角度修改，說不定會產生意料之外的首尾呼應。這是改稿的精髓之一，也是不重新檢視就不能獲得的成果。

◆斟酌文字的基本法則是刪除法

改稿的困難之處在於，當我們太想讓對方看懂時，反而容易寫得過分仔細。

我剛進入出版社任職時，第一個指導我的前輩曾告訴我：「刪掉的文字愈多，文筆愈好。」

試想，當一件事情你早知道了，卻看到作者滔滔不絕地說明，你是否會愈讀愈沉悶？當你已迫不及待想看故事後續，卻被迫閱讀大量的風景刻畫，你是否會愈讀愈焦躁？

此外，跟前面討論過的動機一樣，思想主張類的內容，若不是看法完全一致，都會被讀者當成是：「硬把自己的想法加在讀者身上」。讀者感到「我不認同」的瞬間，他們的心就已棄這部作品而去了。

所以「不寫過頭」也是非常重要的一點，斟酌文字時，最好積極考慮能否「刪除」。尤其是在出道前，我們往往會對自己筆下的文字產生感情，對於好不容易寫出的內容會猶豫該不該刪除。但割捨這種感情，客觀審視自己的文字，並看出多餘的部分一一刪除，才是斟酌文字的第一步。

具體的判斷方式是：「沒寫也能領會的事就不寫」、「不說明角色的心理」。

◆內心想法的說明並非人物心理描寫

有些人以為「人物心理描寫」（又稱「刻畫人心」）就是解說人物內心的想法，實則不然。直截了當地寫出一個人的內心世界，這只是單純的內心獨白或說明。人物心理描寫是指刻畫該人物在特定心理狀態下所看到的世界，或是用台詞、行動展現出該人物的心理狀態。

若是直接寫出一個角色「因戀人過世而悲傷」，那讀者的想像也就到此為止了，再說，戀人過世會悲傷是理所當然的事。但若是在某個場景中，一個角色親眼目睹戀人死去後，刻意表現得十分開朗，言行舉止又很不對勁的話，讀者很快就能聯想到「會做出那樣的行為，是因為他已經自我放棄了吧」或是「他雖然表面強顏歡笑，但背地裡一定在偷偷哭泣吧」。

若是以第一人稱敘述，則可以寫主角忽然開始在意以往不在意的事，或者目光老是停留在戀人過去喜歡的東西上。透過這類場景傳達出的心理活動，才是所謂的人物心理描寫。

人物的內心世界，要讓讀者用想像力來填補，這樣才能形成移情作用，使讀者慢慢產生共鳴與感動。

平日生活中，我們並不會給予映入眼簾的所有景物平等關注，這件事應該每個人都能輕易察覺到。畢竟要給予平等關注的話，自己一定會資訊超載，下一秒大概就已疲憊不堪。人會下意識地對周遭的資訊做出取捨選擇。

如果以相同的力度，深入地描寫周圍環境的一切，那就不是透過人類之眼看世界，而是投過鏡頭看世界。是要透過攝影機的鏡頭看世界，還是要透過某個人的眼睛看世界？即使是同樣的風景，相片和印象派的繪畫，肯定會帶給人全然不同的感受。光是能意識到這兩者的區別，也能讓我們在擷取世界的方式上，達到另一個境界。

只不過，這些光是用聽的、用看的，雖然大腦能夠「理解」，但身體卻很難「體會」。最好能在某個機緣巧合之下，自己突然領悟，有了切身的體驗後，才會真正成為自己的能力。

我學生時代參加的 Mystery 研，也是一個社員會不停創作的社團，因此曾經有社團前輩讀了我的作品後說：

「關於這幅畫的地方，不能只是寫『十分具有震撼力』。你必須要描寫出那是一幅什麼樣的畫，對具有震撼力的事隻字不提，但卻讓閱讀的人感到『這幅畫真是不得了』，這樣才行。」

剛開始我完全想不透為什麼，甚至在內心抗拒地想：「我這樣寫哪有什麼問題！」直到日後我閱讀某本書時，才忽然體會：「原來是這麼回事！」從此心服口服。

形容一幅畫作不得了時，如果是寫那幅畫「十分具有震撼力」，那就如同在一張白紙上寫「十分具有震撼力的畫」，再將其裱框、掛在牆上，這等於對讀者拋出一句：「反正就這麼回事，拜託配合一下囉」，然後撒手不管，無法誘發更多的想像與碰撞。這和羅列資訊的伏筆一樣，讀者不會記得，也不會有印象。

必須是讀者根據作者的描寫，在腦中勾勒出畫作的樣貌，並自發性地覺得「太震撼了」，那一幅畫才會真正現形。以這種方式留下的印象，就會在記憶中占有一席之地。這跟透過場景、插曲營造出的伏筆，道理相同。

更進一步來說，人物形象也是如此。無論是美女還是討厭鬼，都別直接這樣寫，應該讓讀者從人物描寫中自行領略。若非如此，就會變成臉上寫著「美女」或「討厭鬼」的大大字樣的黑影人，穿梭在作品之中。

這就是「要描寫而非說明」的含意。應該沒有人會想要把重要的風景和人物，用布景和棋子來呈現吧？

有一本書，名為**《日本近代文學的起源》**，雖然內容與此處的主題無直接關係，但書中關於「描寫」（又譯為「刻畫」）和「內心」的種種論述，讓過去對這兩個詞似懂非懂的我，一看就懂。可能是我過去在不同地方聽聞到的零散知識，經過這本書的提點後，就被整理歸納得井然有序了。

這本書對於書寫或閱讀懸疑推理小說，雖然沒有直接的幫助，但只要是對「小說」

有興趣的人，都十分建議待時機成熟之時，務必要入手閱讀。

◆愈寫愈上手

文筆會愈寫愈好，因此這方面無須擔心。若想只用優美的文筆吸引人閱讀，那就不在此列，但大眾文學以娛樂為主，故事的有趣與否是重要元素，為了讓讀者能領略箇中樂趣，就必須用好讀、易懂、平易近人的文字書寫。在新人獎中，無須太執著於「文筆優美」。

以工作小組的審核而言，只要不是完全不知所云的破日文，那麼文筆的好壞並不會成為影響評分的致命傷。

我們編輯甚至覺得：「文筆方面的不足，之後都可以補救。」若要問我，我會說我個人的見解是，每個人對「文筆優美」的理解不同，而且要到達「優美」的境界，需要經過非比尋常的磨練，然而大眾對於什麼樣的文筆易讀易懂，則存在共通的認知，而且只要加以訓練就能達成。

只要大量閱讀好文章，並大量產出稿件，你的文筆就會在不知不覺中進步。就像是有許多漫畫的畫風，會在連載的過程中不斷精進，甚至連載最初和最終的畫風變得判若兩人。文筆的精進也是如此。

但請別誤會，我這樣說並不代表創作者「不必斟酌文字」。文筆不好和沒有斟酌文字，是完全不同的兩件事。如果讀到一份稿件錯漏字、選字錯誤百出，就會讓人愈讀愈厭煩，心想：「別說是沒有改稿了，該不會連最低限度的從頭到尾檢查一遍都沒做吧？」甚至會覺得創作者對自己的作品，是不是一點愛都沒有。

投稿者往往會寫到截稿的最後一刻，但真正該堅持做到最後一刻的，不是寫稿，而是改稿。

◆新人獎不需要「還不錯」的作品

那麼，創作者究竟該在哪一方面費心思？答案很簡單，最重要的就是發想、構思的有趣性。

即使文筆有些粗糙、結構不夠完整，一個作品只要發想獨特，讓我們編輯忍不住脫口而出「這是怎麼回事」、「竟然有人能想出這種東西」，那麼這個作品就會深深吸引我們。不僅是懸疑推理小說，所有新人獎工作小組的願望，其實都可以濃縮成下面這句話：

我想見見從未看過的東西！

讀小說是編輯的工作，編輯們讀過的小說自然是多到不計其數。而會刻意去閱讀新人獎得獎作品的讀者，尤其喜愛新奇作品又善於閱讀的人，他們會強烈地希望比任何人都早一步發現下個天才作家。

像這樣的人，對於「還不錯」的作品是沒啥興趣的，看到時的感想也只有一句──「寫得不錯嘛」，因為寫得更好的作品自過去以來不計其數，而且他們都已經讀過了。

到了要決定哪些作品可以進入決審的時期，編輯們一個月要看約二十篇入選作品。當然，雜誌、圖書編輯的工作仍須同時進行，所以會變成一天到晚都在閱讀。

有些作品有趣，有些則否。要讀二十篇作品的話，在讀最後一篇作品時，對最初讀過的作品一定會印象模糊。雖然我會一邊閱讀一邊做筆記，也會翻看筆記重拾記憶，但人類的記憶力畢竟還是有限。

於是，只是「還不錯」的作品就很難留下印象，因此十分不利。一個內容即使是前所未聞，不對，應該說愈是前所未聞，愈會讓我們拍案叫絕，而留下強烈的印象。

因此最終獲得獎項的，都是那些在初審階段就讓我們不知不覺中讀到渾然忘我的作品。本來只想用空檔時間讀個幾頁，結果回過神來，已經整篇看完了──這種事偶而發生。那些會令我們忘掉自己是在做初審審閱工作的作品，它們的作者大部分後來都會活躍於文壇。

◆評審要的是什麼？

作品的發想、構思，必須合乎徵稿所指定的類型。以懸疑推理為名的新人獎，評審就會看作品能用懸疑推理的要素，玩出怎麼樣的特色；同理，恐怖驚悚就是看恐怖驚悚的要素；科幻就是看科幻的要素。這是決勝的關鍵。

這個原則看似理所當然，卻意外地受到忽視，因此我要特別在此呼籲。

——懸疑推理小說的新人獎，最重視的就是懸疑推理的要素。一部作品無論作為一部小說再怎麼優異，只要不是懸疑推理小說，就無法得獎。

審閱懸疑推理小說新人獎的作品時，而且明明是已通過第一次初審的作品，也發生過一邊閱讀一邊懷疑「這到底是不是懸疑推理小說」的狀況，而且不只一次、兩次。我在感慨的不是正宗的懸疑推理小說很罕見，而是「有謎團、故事一再反轉、剛以為謎底揭曉卻又來個大翻轉」的這種懸疑推理味十足的作品十分罕見。即使是以「廣義」到不行的廣義懸疑推理小說的角度來看，仍然有不少作品會令人懷疑能不能歸類其中。

其他新人獎似乎也都有相同的困擾，只是程度不一，我認識的一名編輯還曾當著我的面哀哀叫說：「給我謎團，我要謎團！」

那麼，什麼樣的小說才是懸疑推理小說？關於這個問題，答案前面已經反覆說明過了。

◆條條大路通懸疑推理

目前，新潮社有一個懸疑推理小說新人獎，名為「新潮懸疑推理大獎」。回顧這個新人獎的歷史，它承接自「日本推理懸疑大獎」（日本推理サスペンス大賞）、「新潮懸疑推理俱樂部獎」、「恐怖懸疑大獎」的系譜，在「恐怖懸疑大獎」終止後，新潮社曾有一段時間，沒有懸疑推理類別的新人獎。雖然當時有不分類別的新人獎，但投稿來的作品中，幾乎看不見懸疑推理小說。

身為一個從「新潮懸疑推理俱樂部獎」開始負責新人獎工作小組的資深編輯，沒有懸疑推理小說的新人獎，是一件令人非常不捨的事，重啟這類型的獎也是我長久以來的願望。

因為我認為，懸疑推理是所有大眾文學的基石。

幾乎任何小說中，都有著或大或小的「謎團」要素。即使沒有殺人事件，也會有「那人為何說那種話？」、「她為什麼不愛上別人，偏偏愛上那個男生？」等謎團，推動故事發展的力量，多半都是這些「為何」、「為什麼」的疑問。想知道答案的心情，會讓我們忍不住一頁接著一頁讀下去。

此外，想要製造故事張力，那就最好在劇情高潮處，讓讀者得到某種情緒宣洩。原本看似零散的插曲，相互呼應，當讀者終於將這些片段拼湊起來時，那種醍醐灌頂的快感，會帶來更大的滿足。當驚訝與恍然大悟同時發生，我們的情緒和感動就會更上好幾層樓。

這些都是懸疑推理作品不可或缺的元素——貫穿整個故事、最大、最明確的謎團，以及結尾的伏筆回收和符合邏輯的破案。寫出一部好的懸疑推理小說，需要的是高度的抽象邏輯組織能力，讓一切到了最終結局時，都能邏輯自洽。

只要能達成這項標準，那麼要達成其他大眾文學所需的條件，就不會太過困難，反而理所當然就能上手。這些條件包括：故事情節的前後呼應；最後回收所有伏筆，為故事畫下完美句點。

許多作家一開始是在懸疑推理小說新人獎中嶄露頭角，後來也開始跨足其他類別的小說，他們之所以也能活躍於其他小說類別，原因就在於此。

所以，請相信你所邁向的懸疑推理小說之路，是通往所有大眾文學的康莊大道，請抬頭挺胸、果敢大膽地將自己擁有的一切，注入你的作品之中吧。

當你完成了你的自信之作時，請務必投稿到「新潮懸疑推理大獎」。期待下一次就是輪我在評審時拜讀你的作品了。

後記

真的十分感謝你閱讀到最後。

相信不用說各位也知道，不是將書中所言全部實踐，就一定能獲得新人獎；反之，也不是不遵守書中所言，就無法得獎。

這裡所寫的，是編輯會在意哪些事情，是關於小說讀寫的基本理論。

當然，小說是沒有規則的，創作者可以自由書寫。只不過，想要讓破格的構思得到有效發揮，就必須確實打好基礎。還沒學走路，就想學飛，結果碰得一鼻子灰，只好回到基本，從頭來過——這種經驗不僅僅發生在念書上，學習任何技能時，大家應該或多或少都發生過。

關於寫小說的基礎，過去已有許多作家從他們的角度撰寫過書籍，但很少有人從「閱讀者」——編輯——的角度撰寫。雖然我既不夠格，也不太願意在這裡老王賣瓜，但我確實有許多寶貴的所見所聞，一人獨享未免太過可惜，因此藉此機會將其中一部分介紹給大家，應該也不失為美事一樁。

除了本書介紹過的小說外，有趣的懸疑推理小說，仍多不勝數。有些是找不到合適的章節而無法介紹，有些是一介紹就形同劇透，比方說敘述性詭計的小說，因此不得不割愛。想閱讀更多作品的讀者，可參考《東西懸疑推理小說佳作一百選》（暫譯，原書名：東西ミステリーベスト100，文藝春秋編）等書，只要看到哪個作品覺得不錯，就可以盡量找來閱讀。我自己在學生時代，也曾以這部書的舊版為指南，把其中自己還沒讀過的，一本接一本攻克。Mystery 研裡有一名後輩曾說：「只要把那本書裡介紹的書全部讀完，似乎能脫胎換骨成某號人物。」當時我也真的有這種感覺。

為了確保資訊正確，本書中介紹的書，無論長短，我都盡可能重新閱讀過一遍。其中還真的有我完全記錯內容的作品，真是捏了把冷汗。

雖說是再次閱讀，但因為數量龐大，讀起來也是費盡了一番功夫，但在閱讀的過程中，讓我重溫了當時驚嘆於「世上竟有如此有趣作品」的感覺，那當下真是無比幸福。

這本書若有幸幫助各位遇上那樣的時刻，或有幸為創作者、為讀者提供任何一星半點的新發現，都將是我莫大的榮幸。

◆本書介紹之作品一覽

以下刊載之作品，是以目前市面上流通的版本為優先，但書中若有參考或引用，則不論新舊或絕版，都會列出書中所使用之版本。（編註：若有繁體中文版，以括號說明尚在流通或是較新的版本，查閱時間至二〇二四年十月三十一日止。）

第一章　歸根究柢什麼是「懸疑推理小說」？

「モルグ街の殺人」エドガー・アラン・ポー（『モルグ街の殺人・黄金虫』新潮文庫／所收）

（〈莫爾格街凶殺案〉，《愛倫坡短篇推理小說集：每一篇都是整個偵探文學的根源！》，艾德格・愛倫・坡，四塊玉文創，2024）

『そして誰もいなくなった』アガサ・クリスティー（ハヤカワ文庫）

（《一個都不留》，阿嘉莎・克莉絲蒂，遠流，2024）

『シャム双子の謎』エラリー・クイーン（創元推理文庫）

（《暹邏連體人的秘密》，艾勒里・昆恩，臉譜，2004）

『屍人荘の殺人』今村昌弘（創元推理文庫）
（《屍人莊殺人事件》，今村昌弘，獨步文化，2019）
『不可能犯罪捜査課』ディクスン・カー（創元推理文庫）
「山高帽のイカロス」島田荘司（『御手洗潔のダンス』講談社文庫／所収）
（〈戴禮帽的伊卡洛斯〉，《御手洗潔的舞蹈》，島田莊司，皇冠，2012）
「唇のねじれた男」「まだらの紐」コナン・ドイル（『シャーロック・ホームズの冒険』新潮文庫／所収）
（〈冒險史：大瘡疤乞丐〉、〈冒險史：花斑帶〉，《夏洛克・福爾摩斯大全集》，亞瑟・柯南・道爾，和平國際，2020）
『エジプト十字架の謎』エラリー・クイーン（創元推理文庫）
（《埃及十字架的祕密》，艾勒里・昆恩，輕舟，2002）

第二章 沒有謎團就沒戲可唱

「本格ミステリー論」島田荘司（『本格ミステリー宣言』講談社文庫／所収）
『占星術殺人事件』島田荘司（講談社文庫）
（《占星術殺人事件》，島田莊司，皇冠，2013）

「天外消失」クレイトン・ロースン（『〈世界短編傑作集〉天外消失』ハヤカワ・ポケット・ミステリ／所収）

「神の灯」エラリー・クイーン（『エラリー・クイーンの新冒険』創元推理文庫／所収）

（〈上帝之燈〉，《上帝之燈》，艾勒里·昆恩，臉譜，2004）

『三毛猫ホームズの推理』赤川次郎（角川文庫）

『三つの棺』ジョン・ディクスン・カー（ハヤカワ文庫）

（《三口棺材》，約翰·狄克遜·卡爾，臉譜，2016）

「類別トリック集成」江戸川乱歩（『続・幻影城』光文社文庫／所収）

『有栖川有栖の密室大図鑑』有栖川有栖・文／磯田和一・画（創元推理文庫）

『ABC 殺人事件』アガサ・クリスティー（ハヤカワ文庫）

（《ABC 謀殺案》，阿嘉莎·克莉絲蒂，遠流，2006）

『悪魔の手毬唄』横溝正史（角川文庫）

（《惡魔的手毬歌》，橫溝正史，獨步文化，2021）

『獄門島』横溝正史（角川文庫）

（《獄門島》，橫溝正史，獨步文化，2015）

『だれもがポオを愛していた』平石貴樹（創元推理文庫）
『九尾の猫』エラリー・クイーン（ハヤカワ文庫）
（《多尾貓》，艾勒里·昆恩，臉譜，2006）
『消失！』中西智明（講談社文庫）
『ホッグ連続殺人』W・L・デアンドリア（ハヤカワ文庫）
「死刑囚パズル」「切り裂き魔」法月綸太朗（『法月綸太朗の冒険』講談社文庫／所収）
「グリーン車の子供」戸板康二（『グリーン車の子供』講談社文庫／所収）
「空飛ぶ馬」北村薫（『空飛ぶ馬』創元推理文庫／所収）
（〈空中飛馬〉，《空中飛馬》，北村薫，獨步文化，2008）

第三章　公平與不公平之間

『アクロイド殺し』アガサ・クリスティー（ハヤカワ文庫）
（《羅傑艾克洛命案》，阿嘉莎·克莉絲蒂，遠流，2022）
『片眼の猿』道尾秀介（新潮文庫）
（《獨眼猴》，道尾秀介，獨步文化，2009）

第四章 意外的犯人並不「意外」

『ローマ帽子の謎』エラリー・クイーン（創元推理文庫）
（《羅馬帽子的秘密》，艾勒里·昆恩，臉譜，2004）
『殺人者は21番地に住む』S＝A・ステーマン（創元推理文庫）
『双頭の悪魔』有栖川有栖（創元推理文庫）
（《雙頭惡魔》，有栖川有栖，小知堂，2012）
「かまいたちの夜」我孫子武丸（スパイク・チュンソフト）【ゲーム】
（《恐怖驚魂夜》，我孫子武丸【電玩遊戲】）
『シンデレラの罠』セバスチアン・ジャプリゾ（創元推理文庫）
『猫の舌に釘をうて』都筑道夫（講談社文庫）
『仮題・中学殺人事件』辻真先（創元推理文庫）
「とむらい機関車」大阪圭吉（『とむらい機関車』創元推理文庫／所収）
（〈瘋狂機關車〉，《瘋狂機關車：有如日本的福爾摩斯探案，大阪圭吉的本格推理偵探短篇集》，大阪圭吉，四塊玉文創，2021）
「花虐の賦」連城三紀彦（『宵待草夜情』ハルキ文庫／所収）
「満願」米澤穂信（『満願』新潮文庫／所収）

（〈滿願〉，《滿願》，米澤穗信，春天，2017）
『虛無への供物』（上・下）中井英夫（講談社文庫）
（《獻給虛無的供物》，中井英夫，獨步，2020）
『ミネルヴァの梟は黄昏に飛びたつか？』笠井潔（早川書房）
『ロウフィールド館の惨劇』ルース・レンデル（角川文庫）
「砂糖合戦」北村薫（『空飛ぶ馬』創元推理文庫／所収）
（〈砂糖大戰〉，《空中飛馬》，北村薫，獨步，2008）
「赤髪組合」コナン・ドイル（『シャーロック・ホームズの冒険』新潮文庫／所収）
（〈冒險史：紅髮合作社〉，《夏洛克·福爾摩斯大全集》，亞瑟·柯南·道爾，和平國際，2020）
『中庭の出来事』恩田陸（新潮文庫）
（《中庭殺人事件》，恩田陸，台灣東販，2007）
『湖底のまつり』泡坂妻夫（創元推理文庫）
『匣の中の失楽』竹本健治（講談社文庫）
（《匣中的失樂》，竹本健治，小知堂，2008）
『ドグラ・マグラ』（上・下）夢野久作（角川文庫）

（《腦髓地獄》，夢野久作，野人文化，2014）
『黒死館殺人事件』小栗虫太郎（河出文庫）
（《黑死館殺人事件》，小栗虫太郎，野人文化，2021）
「幽霊妻」大阪圭吉（『銀座幽霊』創元推理文庫／所収）
（〈幽靈妻〉，《銀座幽靈》，大阪圭吉，四塊玉文創，2024）
『生者と死者—酩探偵ヨギ　ガンジーの透視術』泡坂妻夫（新潮文庫）
『しあわせの書—迷探偵ヨギ　ガンジーの心霊術』泡坂妻夫（新潮文庫）
（《幸福之書：迷偵探約吉．甘地之心靈術》，泡坂妻夫，新雨出版，2010）

第五章　印象模糊的伏筆無法震驚讀者

『時計館の殺人』（上・下）綾辻行人（講談社文庫）
（《殺人時計館》，綾辻行人，皇冠，2006）
『人形はなぜ殺される』高木彬光（光文社文庫）
『孔雀の羽根』カーター・ディクスン（創元推理文庫）

第六章 名偵探集合所有人說「接下來」

『隅の老人の事件簿』バロネス・オルツィ（創元推理文庫）
『時の娘』ジョセフィン・テイ（ハヤカワ文庫）
（《時間的女兒》，約瑟芬·鐵伊，漫遊者文化，2022）
『成吉思汗の秘密』高木彬光（光文社文庫）
『隠された帝─天智天皇暗殺事件』井沢元彦（祥伝社文庫）
「九マイルは遠すぎる」ハリ・ケメルマン（『九マイルは遠すぎる』ハヤカワ文庫／所収）
『火曜クラブ』アガサ・クリスティー（ハヤカワ文庫）
（《十三個難題》，阿嘉莎·克莉絲蒂，遠流，2023）
〈黒後家蜘蛛の会シリーズ〉アイザック・アシモフ（創元推理文庫）
〈退職刑事シリーズ〉都筑道夫（創元推理文庫）
『黒いトランク』鮎川哲也（創元推理文庫）
『マジックミラー』有栖川有栖（講談社文庫）
（《魔鏡》，有栖川有栖，小知堂，2004）
「鑑定士と顔のない依頼人」ジュゼッペ・トルナトーレ監督【映画】

（《寂寞拍賣師》，朱賽貝・托納多雷導演【電影】）

「プレステージ」クリストファー・ノーラン監督【映画】

（《頂尖對決》，克里斯多福・諾蘭導演【電影】）

『奇術師』クリストファー・プリースト（ハヤカワ文庫）

『鴉』麻耶雄嵩（幻冬舎文庫）

（《鴉》，麻耶雄嵩，尖端，2007）

〈古畑任三郎シリーズ〉三谷幸喜脚本【ドラマ】

（「紳士刑警系列」三谷幸喜編劇【電視劇】）

『出版禁止』長江俊和（新潮文庫）

（《出版禁止》，長江俊和，皇冠，2016）

〈放送禁止シリーズ〉長江俊和監督・脚本【映像作品】

（「放送禁止系列」長江俊和導演兼編劇【影音作品】）

「女か虎か」「三日月刀の督励官」法蘭克・R・ストックトン（紀田順一郎編『謎の物語』ちくま文庫／所収）

「女と虎と」J・モフィット（紀田順一郎編『謎の物語』ちくま文庫／所収）

「謎のカード」「続・謎のカード」C・モフェット（紀田順一郎編『謎の物語』

ちくま文庫／所収）
「謎のカード事件」エドワード・D・ホック（山口雅也編『山口雅也の本格ミステリ・アンソロジー』角川文庫／所収）
「決断の時」スタンリイ・エリン（『特別料理』ハヤカワ文庫／所収）

第七章 複雜的故事適合寫成長篇小說嗎？

『ラッシュライフ』伊坂幸太郎（新潮文庫）
（《Lush Life》，伊坂幸太郎，獨步文化，2021）

中場休息　讀書會：連城三紀彥與「逆向的箭頭」

『戻り川中心』連城三紀彦（光文社文庫）
「恋文」連城三紀彦（『恋文・私の叔父さん』新潮文庫／所収）
（《情書》，連城三紀彥，麥田，2024）

第九章 作品的世界是為何而創造？

「バック・トゥ・ザ・ヒューチャー」三部作　ロバート・ゼメキス監督【映画】

（「回到未來」三部曲，勞勃・李・辛密克斯導演【電影】）
「STEINS;GATE」志倉千代丸（MAGES.）【ゲーム】
（《命運石之門》，志倉千代丸〔MAGES.〕【電玩遊戲】）
『夏への扉』ロバート・A・ハインライン（ハヤカワ文庫）
（《夏之門》，羅伯特・A・海萊因，獨步文化，2019）
『クロノス・ジョウンターの伝説』梶尾真治（徳間文庫）
（《克羅諾斯的奇蹟：有關愛情、希望、時光機》，梶尾真治，麥田文化，2006）
『タイム・リープ』（上・下）高畑京一郎（電撃文庫）
（《時間跳躍的妳來自昨日》，高畑京一郎，獨步文化，2024）
〈魔術師シリーズ〉ランドル・ギャレット（ハヤカワ文庫）
『生ける屍の死』（上・下）山口雅也（光文社文庫）
（《活屍之死》，山口雅也，皇冠，2008）
『星を継ぐもの』J・P・ホーガン（創元SF文庫）
（《星辰的繼承者》，詹姆士・霍根，獨步文化，2017）
「冷たい方程式」トム・ゴドウィン（トム・ゴドウィン他『冷たい方程式』ハヤカワ文庫／所収）

「無伴奏ソナタ」オースン・スコット・カード（『無伴奏ソナタ』ハヤカワ文庫／所収）

第十章 小說名稱是最重要的文案

『妖魔の森の家』ディクスン・カー（創元推理文庫）
『悪魔が来りて笛を吹く』横溝正史（角川文庫）
（《惡魔前來吹笛》，橫溝正史，獨步文化，2022）
『そして夜は甦る』原尞（ハヤカワ文庫）
（《暗夜的嘆息》，原尞，尖端出版，2006）
『終わりなき夜に生れつく』アガサ・クリスティー（ハヤカワ文庫）
（《無盡的夜》，阿嘉莎·克莉絲蒂，遠流，2024）
『これよりさき怪物領域』マーガレット・ミラー（ハヤカワ・ポケット・ミステリ）
『失踪当時の服装は』ヒラリー・ウォー（創元推理文庫）
『キドリントンから消えた娘』コリン・デクスター（ハヤカワ文庫）
（《最後的衣著》，柯林·德克斯特，遠流，2006）

第十二章 通往出道之路

「DL2 号機事件」泡坂妻夫（『亜愛一郎の狼狽』創元推理文庫／所収）

（〈DL2 號機事件〉，《亞愛一郎的狼狽》，泡坂妻夫，獨步文化，2010）

「見えない男」G・K・チェスタトン（『ブラウン神父の童心』創元推理文庫／所收）

（〈隱形人〉，《布朗神父的天真》，G・K・卻斯特頓，立村文化，2013）

「犬のお告げ」「翼ある剣」G・K・チェスタトン（『ブラウン神父の不信』創元推理文庫／所收）

（〈狗的神諭〉、〈有翅膀的短劍〉，《布朗神父的懷疑》，G・K・卻斯特頓，立村文化，2013）

第十三章 關於懸疑推理小說新人獎的書寫、投稿與選拔之我見

『定本　日本近代文学の起源』柄谷行人（岩波現代文庫）

（《日本近代文學的起源》，柄谷行人，心靈工坊，2021）

內容力 04

原來謎團是這樣鍊成的：幫助你解決創作懸疑推理小說的一切難題

書きたい人のためのミステリ入門

作　　者：新井久幸
譯　　者：李瑷祺
總 編 輯：陳思宇
主　　編：杜昀玶
行銷企劃：林冠廷、黃婉華
出版發行：凌宇有限公司
地　　址：103 台北市大同區民生西路 300 號 8 樓
電　　話：02-2556-6226
m a i l ：info@linksideas.com

美術設計：兒日
排　　版：A Hau Liao
印　　刷：造極彩色印刷製版股份有限公司

總 經 銷：前衛出版社＆草根出版有限公司
地　　址：10468 台北市中山區農安街 153 號 4 樓之 3
電　　話：02-2586-5708
傳　　真：02-2586-3758
http://www.avanguard.com.tw

門　　市：謎團製造所
地　　址：103 台北市大同區民生西路 300 號 8 樓
營業時間：每日 13:00-21:00（週日、一店休）
電　　話：02-2558-8826

KAKITAI HITO NO TAME NO MYSTERY NYUMON by ARAI Hisayuki
Copyright © Hisayuki Arai 2020
All rights reserved.
Original Japanese edition published in 2020 by SHINCHOSHA Publishing Co., Ltd.
Chinese translation rights in complex characters translation copyrights © 2024 by Links Publishing Ltd.

出版日期：2024 年 12 月初版
定　　價：新臺幣 380 元

國家圖書館出版品預行編目資料

原來謎團是這樣鍊成的：幫助你解決創作懸疑推理小說的一切難題/新井久幸著；李瑷祺譯. -- 初版. -- 臺北市：凌宇有限公司, 2024.12
面；　公分
ISBN 978-626-7315-25-5(平裝)

1.CST: 推理小說 2.CST: 寫作法

812.71　　113013543

版權所有，翻印必究
Printed in Taiwan
本書如有缺頁、破損、裝訂錯誤，請寄回本公司更換。